大河の剣（五）

稲葉 稔

角川文庫
23191

目次

第一章　おみつ

一

安政(あんせい)四年（一八五七）六月——

蟬の声がかしましく江戸(えど)の空にひびいていた。ふいに強い風が吹き、縁側に吊(つる)された風鈴がちりんちりんと鳴った。

「ええい、うるさい蠅だ」

座敷にどっかりと胡座(あぐら)をかいている山本大河(やまもとたいが)は、使っていた団扇(うちわ)で蠅を追い払ったが、すぐにまた近くを飛びまわる。大河は団扇を捨て、手を伸ばして近くにあった扇子をつかみ取り、飛びまわる蠅を目で追い、一尺間合いまで飛んできた蠅を、ピシッとたたき落とした。

そのとき戸口から声があった。

「ただいま帰りました」

バタバタと座敷に上がってきたのは徳次だった。

「遅かったではないか」

「へえ、家に帰るとあれやこれやと、おとっつぁんがうるさいんです」

徳次はそう言って大河の前に西瓜を置いた。

「途中で買ってきたんです。井戸で冷やして食べましょう」

徳次はふっくらした饅頭顔をほころばせる。新両替町の乾物問屋吉田屋の次男で、桶町千葉道場の門弟だった。腕はさっぱり上がらないが、何かと大河を慕ってくる。

おまけに大河に好意を寄せている父親の五兵衛に、

「倅を何とかものになる男にしてくださいませんか」

と頼まれ、面倒を見ることになっていた。

五兵衛は、徳次がそれ相応の腕を上げることができたなら、いずれ御家人株を買って徳次を武士身分にしたいという思いがあった。

面倒を見てくれと頼まれたときに、大河は快い返事をしなかった。徳次は筋が悪いのだ。もう三年ほど稽古をしているが、あとから入ってきた門弟らに置いてけぼりを食らっている。

　そんなことを知らない五兵衛は、徳次のためなら何でもするからと、大河に便宜を図った。まず、小さいながらも一軒家を借りてくれたのだ。

　それがいま大河のいる家であった。場所は正木町にあり、桶町の道場にも近く便利がよかった。

　徳次の父親五兵衛はさらに、飯炊き女の世話までしたが、さすがにそこまでされると気が引けるので固く遠慮をした。

　すると、五兵衛は言った。

「では山本様、徳次を預かってくださいませんか。山本様と寝食を共にすれば、倅もだんだんに侍らしくなると思うのです。それにあれは不器用でも、なかなか気の利くところがございます。どうかそうしてくださいませ」

　頭を下げられてはいやとはいえないので、大河は承知したが、いまになって思えば何となく一杯食わされた気がする。

　五兵衛は大店の主である。家督の継げない次男の徳次を、うまく厄介払いしたのではないかと勘繰っている。しかし、それはそれで大河にとって都合のよいことで、また徳次もいまのほうが気楽で生き甲斐があると言っている。

「それで清河（きよかわ）さんには会えたか？」

大河が口にするのは、清河八郎（はちろう）のことだった。郷里山形に戻っていた清河は、今年の五月に江戸に舞い戻り再び玄武（げんぶ）館に通うようになっていた。大河はその清河と会うために、徳次を使いに出していたのだった。

「それが会えなかったので、言付けを頼んでおきました。明日にでも清河さんのほうから沙汰（さた）があると思います」

「ふむ、会えなければしかたないか。清河さんの住まいでもわかっておれば、おれのほうから出向いてもよいのだがな」

「住まいを聞いてくればよかったですね。気が利かずすみません」

徳次は申しわけなさそうな顔をして頭を下げた。

「急ぐことではないからよいさ」

大河は団扇を使いながら空を眺めた。もう日が暮れかかっている。

「酒でも飲むか」

大河がつぶやくと、

「酒でしたらついでに家にあったのをくすねてきました」

徳次が悪戯（いたずら）小僧のようにぺろっと舌を出す。下り酒だと、言葉も足す。

「気の利くやつだ。下り酒なら冷やでやろう」

「それじゃ早速にも……」

徳次は台所に去って酒の支度にかかる。それを見た大河は、

（あやつ、どういうつもりなのだ。まったく下男ではないか）

と思うが、父親の五兵衛が言ったように便利な男だった。

酒の肴に鰯の塩干しをあぶり、取立ての胡瓜を切ってきた。胡瓜は味噌をつけて齧るだけだが、これがいい酒の友になる。

酒を飲んでいるうちに表が暗くなり、座敷に行灯をつけた。大河は酒豪だが、徳次もいける口だ。その徳次はどこで聞いてくるのか、近所や江戸市中で起きた禍事や、他愛もない噂話をする。

大河の興味を引いたのは、江戸城本丸から千両箱を二つ盗んだ盗人がいたという話だった。

「よくお城に入れたものだ。どうやって盗人はお城に入ったのだ？」

「北桔橋の際にある土塀を乗り越えて入ったそうです」

「門番がいるだろうに……」

「お堀を泳いでいったのですよ。その賊は二人だったんですが、錠前の型を取り、

合鍵を作るために、同じことを何度もやってるんです。犯人は無宿の富三という男と、藤岡藤十郎という浪人だったのですが、お上の目をごまかすことはできずに捕まって磔です。悪いことはできないってことですよね」

「本丸のご金蔵を破るというのも驚くが、その二人を見つけた者も天晴れだな」

「御番所の同心がどうやって詮議したのか知りませんが、餅は餅屋ってことでしょうか。それより山本さん、昨日のつづきをお願いします」

徳次はあらたまったように座り直して大河を見る。

大河は武者修行の話を折にふれて話してやっていた。徳次があまりにも面白がるので、大方の話をしていたが、昨日は九州の柳川で大石進に悔しくも負けたところまで話していた。

「また負け話になるんだ」

大河は苦虫を噛みつぶしたような顔をして、ぽりっと胡瓜を齧った。

「それでも学ぶところがあったんでございましょう。勝ちを譲って、つぎには譲らないのが山本さんではありませんか。栄次郎先生もそうされてきたという話を聞いております」

「こやつ……」

大河は首をすくめる。栄次郎先生とは、千葉周作の次男で水戸家の馬廻役に取り立てられていて、水戸弘道館にて剣術指南役を務めていた。

「お願いします。途中まで聞いて、あとを聞かないと寝つきが悪いんです」

徳次は拝むように手を合わせる。

「ならば話してやる」

大河が根負けすると、徳次は目を輝かせて居住まいを正す。

二

その年のはじめ、大河は九州柳川に多くの門弟を持っている大石神影流二代目宗家、通称大石進と立ち合い、悔しくも負けを喫した。

西国まで足を延ばしての武者修行だったが、唯一の苦渋であった。しかし、負け惜しみを言うことはできなかった。気持ちを入れ替えて向かったのは、久留米で名を馳せている松崎浪四郎の道場だった。

浪四郎は加藤田神陰流の免許持ちで、宝蔵院流槍術の免許も持っている剣客だった。二年前には修行のために江戸出て、桃井春蔵と斎藤新太郎に勝ち、上田馬之いた。

助と引き分けていた。千葉栄次郎とも立ち合っているが、このときは負けを喫していた。

「ほう、玄武館のご門弟でございまするか……」

道場を訪ねた大河に会うなり、浪四郎はまぶしそうに目を細めた。

「同じ千葉一門ではありますが、わたしは鍛冶橋のほうでございます」

「すると、定吉先生のご門弟ですな」

江戸で剣術修行しただけに、浪四郎は千葉一門に詳しかった。

「定吉先生の教えも受けてはいますが、直接の指南を多くしてくださったのは重太郎先生です」

「重太郎殿とも一度立ち合いたいと思っていましたが、残念ながらついにその機は得られませんでした」

浪四郎は白い歯を見せて頬をゆるめた。気持ちのよい男だと大河は思った。

しばらく雑談したあとに、大河の申し入れを受けた浪四郎は、そのまま道場中央に進み出て、竹刀を構えた。十数人の門弟が息を詰めて、二人を注視していた。

「いざ」

大河は声を発すると、青眼に構えてわずかに左踵を上げて前に出た。そのまま歩み足で間合いを詰める。

浪四郎も同じ青眼で大河の隙を探すために、右に動き左に動く。大河はその度に剣尖(けんせん)を合わせて動かす。

先に仕掛けてきたのは浪四郎だった。右面を狙っての打ち込みだったが、一瞬の差で大河が胴を抜いていた。

見学をしている門弟たちから、「ほう」と驚きの声が漏れた。

「見事でした」

先に一本取られた浪四郎だが、平然と竹刀を構え直した。勝負は五本と決めていた。

大河は息を吐いて吸うと、さっきと同じように前に出た。今度は浪四郎も出てくる。

あっという間に、刃圏内に入った。同時に大河は面打ちに出た。竹刀を払われ、返し技を食らいそうになったが、間合いを外して避(よ)け、遠間で構え直した。

面のなかに見える浪四郎の双眸(そうぼう)が厳しくなっていた。きゅっと引き結ばれた口が、今度は勝ちを譲らぬと言っているようだった。

徐々に間合いを詰めた大河は、剣尖をふるわせるように動かす鶺鴒(せきれい)の構えに入った。浪四郎はぴくっと片眉を動かしたが、動揺の素振りはない。おそらく栄次郎と対戦したときに見ているのだろう。

大河はゆっくり摺り足で間合いを詰めると、小手から突き突きという連続技を繰り出した。浪四郎は打たれまいと下がりながら、大河の竹刀をはたく。

道場はさほど広くないので、大きく下がることができない。半身をひねって浪四郎の突きをかわすと、そのまま面を打って、また一本決めた。

二連続の勝ちである。見学している門弟たちが互いの顔を見合わせて、「強い」とか「先生は調子が悪いのか」など囁きかわしていた。

三本目はあっさり大河の負けだった。小手を打ちに行こうとしたところに、浪四郎が出端技を使って逆に小手を決めたのだ。

四本目は少し長い試合になり、大河が鍔迫り合いを嫌がって離れようとした瞬間、面を決められた。

五本目はさすがに息が上がっていた。浪四郎も激しい動きに呼吸を乱していた。竹刀をつかむ手は汗ばみ、道着も汗で湿っていた。頬を汗が伝い、背中にも汗が流れ、脇の下も汗がにじんでいた。

だが、これに勝たなければならなかった。大河は栄次郎と試合形式の地稽古を何度もやっている。それもいまは同等に戦えるようになっていた。栄次郎に敗れた松崎浪四郎に、負けるはずはなかった。

「やあ!」

大河は疲れを吹き飛ばす気合いを発して前に出た。即座に突きから面を打ちにいった。離れてかわされると、追い込んで小手から突き、さらに面と連続技を繰り出した。

浪四郎は下がりながらかわして、右に大きくまわって逃げた。大河はそのまま追い込んでいった。面を打ちにいったとき、左腕に衝撃があった。浪四郎の小手打ちが外れたのだ。

だが、大河は打たれたことに動揺した。真剣なら腕を落とされたかもしれないのだ。相手の竹刀は絶対に自分の体に触れさせない。それが大河の信条である。

しかし、浪四郎の竹刀が左腕を打っていた。負けだ。

大河は大きく下がって、竹刀を下げた。浪四郎が驚き顔をした。

「いかがされた?」

「わたしの負けです。いま、小手を打たれました」

大河は潔く負けを認めた。

「いや、いまのは決まっていない」

「いいえ、真剣ならそうはいきません。わたしは竹刀を真剣と思い試合をしています。まいりました」

浪四郎はその言葉に感心したのか、

「さすが、千葉一門の高弟。礼を申します」

と、頭を下げた。


「それじゃ、勝負はつかなかったのではありませんか。引き分けでしょう」

話を聞いた徳次は杯を口の前に止めて、目をぱちくりさせる。

「負けだ。おれはまだ鍛錬が足らぬと、あのとき思った」

「そういうものですか……」

徳次は「ふう」と、ため息を漏らす。

「されど、武者修行はためになった。おのれがまだ至らぬということを思い知らされたのだ」

「それで九州からまっすぐ江戸に戻って見えたのですか?」

「途中で試合をしようと考えてもいたが、九州で負けたのがおれの気持ちに尾を引いていた。一から出直すしかないと」

「山本さんがそんなことをおっしゃるとは……」

「路銀も費えたのだ。まさか借金をするわけにはいかぬ。旅先では金を貸してくれる人もおらぬからな」

「さようなこともありましたか。わたしも強くなったら武者修行の旅をしたいものです」

「稽古するしかない。強くなるための手立ては他にはないのだ。ひたすら鍛錬だ」

「わかってはいるんですが……」

いっこうに上達しない徳次は、しおたれた顔で酒を嘗めた。

清河八郎の使いが来たのは、翌朝のことだった。

「ご都合がもしよろしければ、拙宅まで来てもらえないかということでございます」

使いの者はそう告げた。

「伺おう」

大河はそう答えて、清河の自宅を教えてもらった。とくに急ぎの用はないし、清河が折り入って話をしたいと言うのが気になっていた。

三

「ひやっこい、ひやっこい……」

水売りとすれ違ったあとで、大河は空を見上げた。額に浮かぶ汗を手で払い、「ふう」と、ひとつ息を吐いた。駿河台淡路坂の上り口だった。前方右手、神田川の対岸に昌平黌の甍が青葉を茂らせた欅や楠の向こうに見える。

大河が向かうのは清河八郎の家だった。数日前から清河は大河に会いたがっている。行き違いで昨日は会えなかったが、いったい何の用であろうかと気になっていた。

清河は先年、玄武館を去り、郷里山形に帰る前には神田三河町に住み、小さな塾を開いていた。文武両道の男だとは知っていたが、その後のことを大河はまったく知らなかった。

ただ、自分に会いたいだけなのか、それとも別の用でもあるのだろうか。大河の心のうちには疑問がある。そんなに親しい間柄ではないのだ。ただ、大河にとって忘れられない男だ。

はじめて千葉周作に会い、最初に立ち合った相手が清河八郎だった。そして、大河は赤子の手をひねられるように清河に負けていた。

「お頼み申す」

玄関に立ち訪いの声を張り上げると、若い男が出てきた。

「山本大河と申す。清河さんのお呼びを受け、罷り越した」

「これは山本様でございましたか。先生がお待ちです。どうぞお上がりください」

大河は眉宇をひそめた。玄関横に看板があり、「清河塾」と書かれている。それに若い男は清河のことを「先生」と呼んだ。

とにかく廊下に上がり込み、座敷に向かうと、そこに清河が座っていた。

「山本さん、久しぶりですね」

清河は口の端に小さな笑みを浮かべ、座敷にいざなった。

大河はゆっくりと腰を下ろして、部屋のなかを眺めた。書物が山のように積んであり、畳まれた文机が隅に重ねられている。

「……ご無沙汰をしております。お達者そうで何よりです。清河さんが玄武館に戻られたのは知っていましたが、なかなかお目にかかれませんで……」

「そなたは桶町ですからね。しかし、ずいぶん逞しくなられました。いかにも剣術家らしいではありませんか」

清河はくすぐったいことを言う。

それに、誰にでもそうなのか年下の大河に丁寧語を使う。

「まだまだです。おのれの未熟さにあきれている今日この頃です」

「ご謙遜を……。それにしても何年ぶりでしょう。二年、いや三年ぶりか……」

「それくらいになると思います」

「すっかり大人の顔になられた」

清河は楽しげな顔で大河を眺めた。眉目秀麗で嫌みのない男だ。

「武者修行に行かれていたそうですね」

「中山道を上り、九州まで足を延ばしました。足かけ二年ほどです」

「わたしも西国へ旅をしました。母を連れてのことでしたが、いろいろと見聞を広めることができました。旅をすればいろいろためになることがあります」

「たしかに。わたしもいろいろと学ばされ、教えられました」

二人は短く旅のことを語り合った。大河が武者修行の旅で起きたことをかいつまんで話せば、清河は母親との旅の思い出を語った。

「清河さんは孝行者ですね。わたしは親不孝者で……」

「そんなことはないでしょう」

「いえ、わたしは長男でありながら家を捨て、妹に養子を取らせて家を継がせている不届き者です。実家にもここ何年も帰っていません」

「それは志があるからでしょう」

「まあ、そうです」

「志がなければ生きる張り合いはありません」

清河はやわらかな笑みを浮かべる。大河より五つは歳上だが、武張ったところもなければ偉ぶったところもない。

「玄関に塾という看板がありましたが……」

大河は気になっていることを問うた。

「うむ、近く塾を開き、人を集めようと考えています」

「門弟を……」

さようだと、清河はうなずく。大河は自分をその門人にしようと、清河が呼んだのではないかと思った。

「剣術道場でもおやりになるとおっしゃるので……」

大河はあらためて家のなかに視線をめぐらした。道場にするには無理がある。改築するのか、それとも別に道場を構えるのだろうかと考える。しかし、清河は人に教えるほどの腕はないはずだ。いまは大河のほうが上位者になっている。

そんなことを考えていると、清河は笑いながら顔の前で手を振った。

「学問です。わたしには人に教えられるほどの剣術の腕はありません。そなたはすでに皆伝を受けておられるが、わたしはまだ初目録です。いつの間にやら追い抜かれてしまった」

清河は苦笑する。北辰一刀流（ほくしんいっとうりゅう）は、「初目録」「中目録免許」「大目録皆伝」の三段階に分かれている。初代宗家の千葉周作が簡易化し、そのまま踏襲されている。一般に免許と言えば、北辰一刀流では「大目録皆伝」のことを指す。

「それで今日は何かわたしに用があったのでは……」

大河が本題を切り出すと、清河は顔を引き締めた。

「山本さんは幕府をどうお考えになってらっしゃいます」

「幕府を……？」

突然の問いに、大河は目をしばたたいた。

「この国は黒船来航以来、いろいろと難題を抱えています。このままでは日本国は安泰ではいられません。幕府はたしかに強い。されど、それは諸国大名家に対してです。また諸国大名家は、領地を支配していますが、幕府の威信が失われれば、その諸国も安泰ではいられません。わかりますか？」

「……まあ」

「伊豆下田にアメリカの領事館ができ、領事のハリスは登城を望んでいます」

「そんなことは許されないでしょう」

「いかにも。多くの大名家も、許してはならぬと鼻息を荒くしています。かてて加えて、いまの将軍家定様のことがある」

清河は口調を変えた。

「お上が何か？」

大河は政治に疎い。十三代将軍が家定だというのは知っているが、その詳しいことは知らない。

「上様は病弱であり幕政への参与ままならぬので、老中連がその右腕となってこの国の舵取りをされている。つまり、老中らがいまの幕府を動かしているのだが、まとまっておらぬ」

「まとまっていないというのは……」

「家定様の世継ぎについて揉め事が起きているのです。彦根藩の井伊掃部頭様らは紀州の慶福(のちの家茂)様を推されているが、島津家や水戸家は一橋家の慶喜様を推されている」

そんなことをいきなり言われても、大河にはぴんと来ない。

「知っての通り千葉一門は水戸家の覚えがめでたい。いざとなれば慶喜様が次期将軍になられるのを望んでいる。山本さんはどう思われる」

「どう思うかと問われても、わたしには上の方たちのことはよくわかりません」

「いま日本はアメリカをはじめとした諸外国の接近によって国難を迎えている。わたしらは権力も何もない一介の浪人であるが、少なくともここがある」

清河は自分の頭を指で差して話した。

「さらに勇もある。山本さんはいまや千葉一門にあって三本の指に入る方。いざとなれば、異国を打ち払うために立ち上がっていただきたい」

(なるほど、そういうことであったか……)

大河はようやく清河の心中を察した。

「山岡鉄太郎にはお会いになりましたか?」

聞かれた大河はキラッと目を輝かせた。山岡鉄太郎(のちの鉄舟)のことは聞き知っているがまだ会えずじまいであった。そのことを話すと、

「山岡もわたしの考えに与(くみ)しておる。是非にも山本さんにもわかってもらいたいのだ」

と、真剣な眼差(まなざ)しを清河は向けてきた。

「いきなりさようなことを言われても、わたしにはまだ……」

大河はよくわからないというふうに首を振った。

「たしかに性急であるな。いやいやいまの話、頭の隅にでも置いてもらってくれればそれで結構」

「わかりました」

大河がそう応じて辞去しようとすると、

「先ほど志があると言われたが、山本さんの志はなんでしょう？」

と聞いてきた。

「日本一の剣術家になることです。清河さんの志は？」

「回天の先駆けになることです」

清河はそう言ってにやりと笑った。

北辰一刀流桶町千葉道場は、鍛冶橋から移ってきて久しい。大河が武者修行から江戸に戻ってきて少なからず驚いたことだった。かつての道場より広く、門弟も多くなっていた。

四

その日の朝、清河八郎を訪ねたあとで大河は道場に入った。朝稽古（あさげいこ）をして帰る者もいれば、いまだ汗を流している者もいたが、大河が道場にあらわれると、一瞬道場内が静かになり、大河に一礼をする。

江戸に戻ってすぐ、父定吉に代わって道場の運営を任されている重太郎から、大河は師範代を命じられ、後進の指導にあたっていた。

「塾頭、一手お相手お願いいたします」

支度を終えた大河にひとりの男が声をかけてきた。鳥取藩の者ですでに三十過ぎの、田伏（たぶせ） 某（なにがし）という男だった。いつしか師範代のことを「塾頭」と呼ぶようになり、どこの道場でもそれに倣うようになっていた。

「よし」

大河は竹刀を持って立ち上がると、田伏と向かい合った。

「型稽古だ」

相手はれっきとした大名家の家来であるが、道場での上下関係は年齢も身分も関係ない。あくまでも技量上位者が上であるから、大河は遠慮のない言葉を使う。

田伏が青眼の構えを取れば、大河も同じ構えで応じる。

大河が相手に技を仕掛ける打太刀で、田伏が技を受ける仕太刀だ。

「きえェー！」

喉奥(のど)から気合いを発した大河が、小手から面打ちにゆく。田伏は小手を外し、面を打ちに来た大河の竹刀を横に払う。間合いを取り直して、田伏が小手から突きを送り込んでくる。

大河は小手を外し、突きをかわし、逆に軽く面を打つ。

「甘い。闇雲に打ってくるだけでは稽古にならぬ。腰がふらついている。肩と腕に力が入りすぎだ」

大河が注意を与えると、田伏は「はい」と素直に返事をする。

「返事だけはよいな。今度はおれが受ける。来いッ」

大河が誘いかけると、田伏が摺(す)り足を使って慎重に間合いを詰める。隙だらけだ。

だが、大河は黙って受け手にまわる。

床を蹴って田伏が横面を打ってきた。大河は体を左に半尺動かしただけでかわす。相手の竹刀を受けないようにする。こやつでは稽古にならぬと思うが、塾頭としての責任があるので何度も田伏に技を仕掛けさせる。

田伏は一度も大河の体に竹刀をあてることができず、いつの間にか呼吸を乱し、汗を噴き出していた。

「ここまでだ」

大河が稽古終了を告げると、田伏はゆっくり下がって一礼する。

「素振りをやれ。日に千回。できれば朝夕それぞれ千回ずつ」

「せ、千回もですか……」

田伏はあきれ顔をするが、大河は大真面目だ。

「おれは一日一万回振ってきた。練達者の誰もが地道な鍛錬をする。強くなりたければ足腰を鍛えることだ。それには素振りがよい」

田伏を下げると、稽古中の門弟らの動きを見る。上達の早い者、遅い者がいる。上達の早い者は天性の素質もあるが、勘がいい。ひとつの動きや竹刀使いが器用だ。もっともそれだけで進歩するわけではない。

足の運びや腰の使い方、構えたときの姿勢、呼吸法、竹刀の握りなどの基本を徹底しなければならない。型稽古で技を覚えても、基本が疎かであれば、その技は会得できない。

技は基本の応用である――。

大河は口を酸っぱくして門弟らを諭すが、おのれにも厳しい自戒があった。それは、約二年の武者修行で得た課題だった。

岩国において宇野金太郎という高名な剣士と立ち合って勝ちを得たが、その金太郎に言われたことがあった。

――剣は心なり。心正しからざれば、剣また正しからず。剣を学ばんと欲する者は、まずは心より学べ。

金太郎はそのことを、彼の師である島田虎之助から教えられたと言った。

虎之助は直心影流の男谷精一郎の弟子で、のちに師範代を務め、勝海舟に指導した剣術家だった。金太郎もその弟子だったのだ。

大河はその虎之助に会いたいと思ったが、すでに物故者だと知りがっかりした。

また、木曾においては遠藤五平太と対戦し、勝ちを得ていたが、真の意味での勝ちではなかったとあとで気づいた。もし、真剣での戦いなら、相手の竹刀が触れた時点で負けに直結するからだ。

故に大河はたとえ道具（防具）をつけて竹刀を使った稽古でも試合でも、相手の竹刀を触れさせないための工夫を凝らしていた。

以前、高柳又四郎という剣客と試合をしたが、その高柳は「音無しの構え」を得意としていた。それは竹刀を打ち合わせずに勝ちを得る技だった。

大河はいま、その技に磨きをかけるための試行錯誤をしているところだ。

それはともかく、遠藤五平太に、

「おのれの力量に自惚れがある故、剣に驕りがある」

と、指摘されたのだ。

あのときはハッとなった。五平太の言葉は、矢となって大河の心を突き刺していた。

さらに、五平太は宇野金太郎と同じようなことを口にした。

「心を磨くことだ」と。

九州まで足を延ばしての武者修行だったが、江戸に帰る道中でそのことをずっと考えつづけていた。しかし、どうしたらよいか、はっきりした答えを得られずにいる。

大河は見所脇に座って門弟らの稽古を見ながら、そんなことを考えもする。

道場内は元気のよい気合いと、床を蹴る音、竹刀の打ち合わさる音が渾然一体となっている。さらに表からはかしましい蟬たちの声も聞こえてくる。

「塾頭、練兵館から使いが来ています」

大河が門弟らの稽古を仔細に見ていると、若い門弟が来て告げた。

「練兵館から……」

「あちらにいます」

それは道場玄関ではなく、脇にある出入り口だった。いかにも使いの者らしく、縦縞の着物を端折った痩せた男だった。

五

「練兵館の使いの希次郎と申します。山本大河様ですね」

「さようだ」

「あの、その仏生寺弥助という者が、わたしらの道場にいますが、ご存じでしょうか？」

　希次郎と名乗った男は落ち着きがなかった。少し訛りがあり、つっかえながら話す。

「いや知らぬが、いったい何用だ？」

「はい、その、仏生寺弥助が是非とも山本様と立ち合いたいと申していまして、伺ってこいと言われたのです。あ、いやあ、その仏生寺が言ったのではなく、隠居先生に言われたのですが……」

　要領を得ない。

「隠居先生とは誰だ？」

「岡田利貞先生のことです。練兵館に住んでいる剣術家です」

「仏生寺なる者はおれとの試合を望んでいるのか？」

「立ち合ってみたいと言っています」

　大河は少し考えるように遠くの空を見た。

　それから使いの希次郎に顔を向け直して答えた。

「いますぐに返事はできぬ。明日いや明後日にでも返事をする」

「はあ、それじゃそのように伝えておきます。失礼いたします」

　希次郎はぺこぺこ頭を下げて帰って行った。

仏生寺弥助……。

どこかで聞いたような気がするが、はてどこで聞いたか思い出せない。

それに岡田利貞という名前にも覚えがなかった。

大河は道場を出ると母屋(おもや)を訪ね、重太郎に会った。

「仏生寺弥助から試合を申し込まれたと……」

奥の小座敷で帳面仕事をしていた重太郎は、筆を置いて大河をあらためて見た。

「ご存じですか？」

「耳にしている。ひょっとすると練兵館で一番強いのはその弥助かもしれぬとな」

「まことに……」

大河は目をみはった。

「うむ、たしか風呂焚(ふろた)きをしている男だ。それが岡田殿の目に留まり、竹刀を持たせたらめきめき上達したらしい。わたしも会ったことがないので何とも言えぬが……」

重太郎は扇子を使って胸元に風を送り込んだ。

「岡田利貞という人は何者です？」

「岡田十松(じゅうまつ)殿のご子息だ。撃剣館(げきけんかん)を継ぐ人だったらしいが、道場経営を面倒だと思ったのか、それとも苦手だったのか知らぬが、弟に跡を継がせ早々に隠居し、そのまま練兵館の食客になっているらしい。練兵館の斎藤弥九郎さんは、利貞の父・十松殿の弟子であったから受け入れられたのだろう」

「早く隠居されたから隠居先生と呼ばれていると……」

「そんなところだろう。それでいかがするのだ？　仏生寺の申し出を受けるのか？」

「練兵館で一番強いと言われているのなら断るどころか、望むところです。しかし、塾頭の桂小五郎殿と立ち合ったとき、仏生寺なる者の話など耳にしませんでしたが……」

「風呂焚き仕事をやっているからだろう」

重太郎はパタパタと扇子をあおぎつづける。

表は日射しが強く、暑さをいや増す蟬の声もかしましい。

その日の夕刻に正木町の家に帰ると、早速徳次に使いを頼んだ。

「試合をするのですね」

徳次は楽しそうに目を輝かせる。

「どうやら相手に不足はないようだ。明日にでも練兵館に行って、受けると伝えてくれないか。時日は五日後ぐらいでよいだろう」

「それじゃ五日後にと伝えますが、時刻は？」

「昼過ぎにでも訪ねたいと思う。先方の都合もあるだろうから、そのことも聞いてきてくれ」

「承知しました」

「おれは湯屋に行ってくる」

　徳次に使いを頼んだ大河は、近所の湯屋でその日の汗を流して楽な着流しになると、本材木町五丁目にある小料理屋に足を運んだ。楓川に架かる越中橋のそばにある小体な店で、五十になるかならないかの女将がひとりで切り盛りしている。

「今日も見えて嬉しいわ。ささ、山本様お酌を……」

　おはまという女将は早速酌をしてくれる。冷や酒である。

「暑くなりましたわね。夏ですね。今日もお稽古なさったの」

「それが仕事だからな」

　大河は酒を飲んで答えた。

　客が他にいないせいか、おはまは何かと話しかけてくるが、どうでもよい世間話だった。大河は適当に話を合わせてちびちびと酒を飲む。おはまは料理が上手で、魚の捌き方も職人なみだ。

その日は、鰯の酢漬けと軽く焼いたししとうを出してくれた。仕上げに丼飯を二杯ほど食べるが、それはまだあとだ。

二合ほど飲んだとき、二人連れの近所の職人がやって来た。そのあとで、二人の侍がやって来た。侍は勤番らしく、お国訛りがきつかった。

誰もが他愛もない世間話をする。近所のこと、仕事のこと、身内のことなどだ。

それが普通だろうと大河は思いながら、清河八郎のことを思い出した。

回天の先駆けになると言ったが、いったいどういうつもりだろうか。清河は幕臣でもないし、大名家に仕えてもいない、一介の浪人に過ぎない。大河と同じ身分だ。お上のやり方に進言もできなければ、幕政に関わることもできない。

（あの人は法螺吹きか……）

内心でつぶやきながらもうひとりの法螺吹きを思い出した。坂本龍馬だ。あの男もこの国を動かすと豪語した。

（まったくどういう頭をしているんだ）

ひとり勝手なことを考えながら仕上げに飯をもらって平らげた。

表に出ると日中の暑さがやわらいでいた。夜風が気持ちよく、楓川沿いの柳がそよそよと揺れている。どこからか風鈴の音にまじって、清掻きの音が聞こえてきた。

攘夷だ尊皇だと声高に言う者がいるが、江戸の町は至って平穏だ。武者修行の旅でもお上のやり方に意見したり、非難したりする者はいなかった。

角を曲がろうとしたときだった。楓川の畔にひとりの女が立っていた。柳の陰になっていて体は半分しか見えないが、赤子を負ぶっている。

(何をしているのだ)

立ち止まって眺めていると、女が草履を脱いで揃え、岸辺に足を進めた。

大河は片眉を動かした。女は月影の揺れる水面を見つめている。

六

大河が足を進めたのはすぐだ。女はまた岸辺に近づいた。

「待て」

声をかけると、女が驚き顔を向けてきた。まだ二十歳前の若い女だった。

「何をしているのだ?」

女は返事をしない。蒼白な顔で体を震わせていた。背中の赤ん坊がぐずる声を漏らすと、女は泣きそうな顔でかぶりを振り、

「何でもありません」

と、蚊の鳴くような声でつぶやいた。悲愴な表情だ。

「まさか身投げするつもりではなかろうな」

「…………」

「赤ん坊を道連れにするつもりだったか」

大河はさっと近づくと、女の片腕をつかんだ。

「止めないでください。わたしにはこうするしかないんです」

女は大河の手を振り払おうとした。

「何があったのか知らぬが、死ぬことはないだろう。家はどこだ？」

女はうつむいたままかぶりを振る。

「どこから来た？」

「…………」

また、赤ん坊がむずかる声を漏らした。大河は女を見つめた。その横顔は軒行灯の弱い灯りに染められていた。整った面立ちだ。

「死んでもいいが、その前に話を聞かせてくれぬか。身投げしようとしている女を見て放ってはおけぬ。話を聞かせてくれ」

大河は女の腕をつかんで、自分の住まいのほうに促した。

「お侍様、やめてください。死ぬのはわたしの勝手です」

女は立ち止まって、きりっとした目を向けてくる。

「死ぬのは勝手だろうが、赤ん坊の勝手ではない。母親の勝手で子供を死なせてもよいという道理はない。悪いようにはせぬ。おれは怪しい者ではない」

きつめの口調で言うと、女は黙り込み、大河に腕をつかまれたまま歩き出した。

「徳次、客だ」

戸口に入るなり声をかけると、座敷から徳次があらわれ驚き顔をした。

「その人は？」

「知らぬ。楓川に身投げしようとしていたんだ。茶でも水でもいいから持ってきてくれ」

大河は徳次に命じてから、女を座敷に上げた。

「名は何という？」

「……みつです」

「おれは山本大河という。千葉道場の者だ。こやつは徳次で、同じ千葉道場の門弟だが、すぐ近所にある乾物問屋の脛齧り(すねかじり)だ」

「脛齧りはないでしょ……」

徳次は茶を差し出しながら不平顔をする。

大河はかまわずに、おみつに問いを重ねた。

おみつは十八歳で、太一という赤ん坊は生まれてまだ三月だった。郷里は房州の木更津で石屋の娘だった。江戸に出てきたのは一年ほど前で、朝吉という漁師と駆け落ちしてきたと話した。

しかし、朝吉は太一が生まれて一月後に高熱を出し、そのまま死んでしまったらしい。

「それじゃどうやって暮らしていたんだ？」

あらかたの話を聞いたあとで、大河はおみつを見つめる。明るい部屋のなかで見ると、おみつは色白でなかなかの縹緻よしだった。

「江戸に来るときに持ってきたお金の残りがあったのです。それと、おっかさんが内緒でくれたお金がありました」

「だが、その金が底を尽き生きていけないと思った」

おみつは小さくうなずく。大河はため息をついた。

「実家に帰ったらどうだ」

おみつはそれはできないと言う。

「なぜ帰ることができない？」

「おとっつぁんが死んだんです。それで石屋の商売も終わりになり、わたしが帰ればまた迷惑をかけることになります」

「おふくろさんは元気なんだろう？　それに兄弟がいるのではないか？」

「兄弟はいません。おっかさんも床に臥していて、いまは生きているかどうか、それもわからないんです」

「なぜわからぬ？」

「届いた手紙には木更津に帰ってきてもわたしの居場所はない。あとは達者に暮らせ、おっかさんも病気になって長くないだろうと書いてありました」

「それならますますおっかさんのことが心配だろう。赤ん坊連れで、女ひとりで生きていくのは大変だよ」

徳次がしんみり顔で言う。そのとき、横に寝かせていた赤ん坊が突然泣き出した。

おみつは慌てて抱き取ると、

「きっと乳が欲しいんです」

と言って、胸元を広げ太一に乳を吸わせた。

「とにかく死んではならん。今夜はここに泊まって、また先のことは明日にでも相談しようではないか」

大河はおみつを見て言った。

翌朝、大河は太一の泣き声で目を覚ました。隣の部屋から、おみつが太一をあやす声がすぐに聞こえてきた。

「どうするかな。徳次、どうしたらいいと思う？」

大河は天井を見ながら、隣に寝ている徳次に声をかけた。

「実家に帰ることができないとなれば、ひとりで生きていくしかありませんからね。そう言っても赤ん坊連れでできる仕事は、そうそうないと思います」

「ふうむ」

大河は天井を凝視する。

「山本さんはどうしたらいいとお考えで……」

「わからねえから聞いたんだ。だが、まあおみつが落ち着くまで、しばらくここに置いておくほかないだろう」

「そのまま居ついてしまったりして……」

徳次は冗談ぽく言って、半身を起こした。

「とにかく何か考えてやろう。お、徳次、飯を作れ」

大河は夜具を払って起きた。すでに蝉の声が高くなっており、庭にある朝顔が夜露を含んだまま花を開いていた。

七

その日、練兵館の仏生寺弥助に返事をするために徳次を使いに出す予定だったが、大河は千葉道場の使用人を走らせることにした。

徳次はおみつと太一の見張り役である。もし、放っておけば、またおみつが変な気を起こすかもしれないと危惧したからだった。

大河の道場入りは早い。いつものことであるが、いまや塾頭の身だから、門弟が来れば十分な稽古ができない。そのために早く道場に行って自己鍛錬をつづけていた。

素振り五百回は、子供の頃から使っている重い枇杷の木刀と普通の竹刀を使う。素振りが終われば、型をあらためる。

上・中・下の各段からの面技、つづいて突き技、小手技、胴抜きと繰り返し、最後は連続技を体に覚え込ませる。

連続技は片手小手から面打ち、小手から面を打ち胴を抜く、あるいは小手を打つと見せかけて外しての摺(す)り上げ面などとあるが、いずれも足の運びと身のこなしが重要になる。

傍目(はため)には踊っているように見えるかもしれないが、大河は仮想の敵を見立てての型稽古を疎(おろそ)かにしない。

その様子をときどき重太郎が見に来るが、黙って眺めて母屋に下がるのが常だった。

五つ（午前八時）の鐘が聞こえる頃になると、門弟らが雨後の竹の子のように道場にやってくる。

門弟らはそれぞれに稽古をはじめる。大河はその様子を黙って眺め、気になる者がいれば注意を与え、指導をするといった具合だ。

大河には師範代料として、重太郎から給金が出ていたので、生活に困ることはない。それ故に、門弟らへの指導は怠ることができなかった。

その朝、久しぶりに坂本龍馬があらわれた。見所脇に座って稽古を眺めていた大河は、すぐに龍馬をそばに呼んだ。

「このところ、稽古に顔を出していなかったが、どうしていたのだ？」

「はあ、いろいろと面倒なことがあったんです」

「面倒なこと……」

「まあ、気にしないでください」

「お玉ヶ池の清河八郎さんを知っているか？」

大河は話題を変えた。

「お目にかかったことはありませんが、話は聞いています」

「なんでも塾をはじめられるそうだ。回天の先駆けになるとおっしゃっている」

「ほう、それはまた頼もしいことを」

龍馬がそばに腰を下ろすと、

「おぬしらは何故攘夷だ何だと騒ぐんだ。そんなことは幕府にまかせておけばよいことだろう。ジタバタしてもどうにもならぬことではないか」

と、大河はあきれ顔を龍馬に向ける。

「いえいえ、この国は変わります。幕府も変わります。変わらなければならんのです」

「変わる変わると言うが、身分を考えろ。おのれの思いを声高に叫んだところで幕府が変わるわけがない。そうではないか」

龍馬は首を横に振る。

「まあ、山本さんにはわからないかもしれませんが、変わりますよ。ほんとうです」

龍馬は至極真面目顔で言う。大河は話にならんという顔で、

「それならおれは高みの見物を決め込むことにする」

と言って、呵々大笑した。回天だとか幕府を変えるなどと言うやつを、まともに相手にはできない。

「稽古をはじめるんだ」

大河は龍馬に言いつけて下がらせた。

しばらくして柏尾馬之助が道場にやって来た。大河を見つけると、そばにやって来て稽古をつけてくれと言う。

「望むところだ」

大河はすっくと立ち上がって、支度を終えた馬之助を相手にする。今年二十歳になった馬之助は、十三で道場主・定吉の内弟子になり、弱冠十六歳で免許皆伝（大目録皆伝）を受けていた。

いまや天才剣士と呼ばれている男で、大河の稽古には恰好の相手だった。

馬之助を相手にするときは、決まって試合形式の地稽古である。それも半刻ほど休まずに行う。気合いと竹刀のぶつかり合う音だけでなく、二人の気迫は並々ならぬものがあり、他の門弟らは一時稽古を中断して見入ったりする。

その稽古が終わったときには、二人とも汗だくである。

「山本さん、仏生寺弥助と試合をされるそうですね。重太郎先生に聞きました」

諸肌脱ぎになって汗をぬぐう馬之助が言った。

「仏生寺を知っているのか?」

「話に聞いています。塾頭の桂さんや、新太郎先生もかなわないという話です」

「まことに……おれは風呂焚きだと聞いておるが……」

「いまも風呂焚きをやっているらしいですが、剣の腕は並ではないという噂です。まあ、わたしも会ったことがないので何とも言えませんが……」

桂小五郎とは一度対戦し勝っているから、その力量はわかっているが、仏生寺弥助は練兵館二代目宗家の斎藤新太郎を負かすほどの腕を持つのかと、大河は内心でつぶやき、

「面白いことになりそうだ」

と、にやりと頬をゆるめた。

その日の午後、練兵館へ使いに行っていた道場の使用人が戻ってきて、

「山本様、仏生寺さんに伝えてまいりました。申し入れを受けてくださりありがとう存じますと、礼を言っておいてくれと言付けされました」

と、告げた。

「どんな男なのだ？」

「小柄で色の黒い煤(すす)けた顔をしておいででした。とても強そうには見えませんでした」

「歳はいかほどだろう？」

「三十ぐらいではないかと……」

実際は二十八歳であったが、使いに走った使用人にはそう見えたのだろう。

「まあ、楽しみになった」

大河は言葉どおり、久しぶりに手応(てごた)えのある男との対戦を心待ちにした。

第二章　夏の終わり

一

「山本さん、いつまでおみつを置いておくつもりです」

徳次が出かけようとした大河の袖(そで)をつかんで、家の表に連れ出して言った。

おみつを家に預かって二日後の朝だった。

「いつまでって、すぐに放り出すわけにはいかぬだろう。赤ん坊もいるんだ」

「そりゃわかっていますが、どうするんです？」

徳次は真顔を向けてくる。

「どうすると言われても……」

大河は剃(そ)ったばかりの顎(あご)を撫(な)でる。

「おみつは金がないんですよ。家もないから行くところもない。実家にも帰れないと言ってるんです。だからといってこのまま家に置いておくわけにもいかないでしょう」

徳次が言わんとすることはよくわかる。大河もそのことは考えているのだ。しかし、よい手立てがない。

「赤ん坊がいなければ、勤め口を世話してもいいんですが、そうはいかないでしょう。仕事をさせれば赤ん坊の面倒を見られない。乳も飲ませなきゃならない。山本さんが厄介な女を連れて来たばかりに……」

「徳次、身投げさせておけばよかったと言いたいのか」

大河がきっとした目でにらむと、徳次は亀のように首をすくめる。

「そうではありませんが……」

「二、三日考える。今夜はおみつとそのことについて話そう。しかし、なかなか気の利く女ではないか」

「まあ……」

徳次は情けなさそうに眉尻(まゆじり)を下げるが、たしかにおみつは気の利く女だった。太一が寝ているときには炊事洗濯、掃除をこまめにやってくれる。おかげで家のなかがきれいになった。狭い庭の草取りもする。女手があると助かる。

大河はそのまま桶町の道場に行き、いつものように自己鍛錬をし、門弟らの指導にあたり、昼下がりに家に戻った。

戸口を入ると、おみつが飛ぶようにしてやってきて足許に濯ぎを置いた。

「お疲れ様です」

「太一は寝ているのか？」

大河は座敷のほうを見て言った。

「さっき寝ついたところです。あの……」

おみつが言葉を切って顔を向けてきた。

「いつまでもお世話になって、ご迷惑をかけているわけにはまいりません。今夜一晩泊めていただいたら、明日にはお暇いたします」

おみつは申しわけなさそうな顔で言う。

「この家を出て行くところがあるのか？」

「それは……」

「江戸に知り合いはいないのではないか。そう言ったな」

「はい」

を感じた。


おみつはうつむく。

その様子を大河は短く眺めた。また身投げしようとするかもしれないという危惧を感じた。

「赤ん坊連れで雇ってくれるところなどないぞ」

「でも、これ以上ご迷惑をおかけするわけにはいきません」

大河は足を拭いた雑巾をおみつにわたした。

「もう少しここにいろ。太一がもう少し大きくなるまでだ」

「へッ……」

おみつは驚いたように目をしばたたいた。

「おれは迷惑だとは思っておらぬ。だから遠慮はいらぬ」

「で、でも……」

「いい。何も言わず、しばらくここで暮らせ」

「ほんとに、よいのですか……」

おみつは目を潤ませていた。

「か弱い女と赤ん坊を見捨てるわけにはいかぬだろう」

大河はそう言って座敷に上がり、麦湯を所望した。

その夜、大河は夕餉の席で徳次と晩酌をはじめてすぐに、

「おみつはしばらくここにいることになった」

と、告げた。

とたん、徳次は目をぱちくりさせる。

「迷惑か？」

「いえ、そんなことはありませんが……」

徳次は居間の隅に控えるおみつを見て、大河に顔を戻した。

「山本さんは、それでいいので……」

「おれが決めたのだ。おまえが迷惑だというなら、おれは家を移る。ここはおまえの親父殿が借りてくれた家だからな」

「そんなことは気にしないでください。おとっつぁんは、わたしを厄介払いしたいだけなんですから……」

「ならば文句はないな」

「わたしにはありません」

「おみつ、そういうことだ。こっちへ来ておまえもいっしょに食おう。この煮物はなかなかうまい」

大河は茄子(なす)と南瓜(カボチャ)の煮物を箸(はし)でつまんでから「そうだ」と、思い出したように懐に手を入れた。

「おみつ、そうと決まったからには、遠慮はいらぬ。台所はおまえの受け持ちだ。買い物もあるだろうから、これを使え」

大河はそう言って懐から出した紙入れを、ぽいとおみつにわたした。

「太一を負ぶっていても買い物はできるからな。それから乾物は、徳次が店から持ってきてくれる。そうだな徳次」

「まあ、それはいいですが、勝手に決めないでくださいよ」

「けち臭いことを言うな。おまえの親父は分限者なのだ。親父の脛(すね)は齧(かじ)っても齧っても減らぬだろう」

ワハハと大河は笑い飛ばす。

「あの、これをほんとに……」

おみつはわたされた紙入れを持ったまま大河を見た。

「足りなくなったらいつでも言ってくれ。すぐに足す。おれはたくさん飯を食う。それから酒も飲むから切らさないでくれ」

一旦(いったん)こうと決めたら、なかなかその考えを曲げないのは、子供の頃から変わっていない大河である。

二

「先生、山本大河というのは、なかなか腕の立つ男です」

仏生寺弥助は練兵館の者が「隠居先生」と呼ぶ、岡田利貞の住む離れ家を訪ねていた。

「何だ、臆(おく)しておるのか……」

利貞は白髪交じりの頬髭(ひげ)を撫(な)でて弥助を見た。利貞は岡田十松が開いた撃剣館の二代目として道場を継いだが、生来気まぐれなところがあり、気に入った者には熱心に指導するが、そうでない者は適当にあしらうという偏屈者だった。

父・十松吉利(よしとし)の跡を継いで道場主になったが、経営が苦手で面倒になり、弟の利章(としあき)に気前よく譲り、そのまま斎藤弥九郎の練兵館の客分になっていた。その腕は弥九郎を凌(しの)ぐと言われていたが、怠け癖と酒好きが抜けず、気ままな暮らしをしていた。

五十半ばなのに、もう還暦過ぎの老人に見えた。

「恐れはしませんが、あっしは山本大河と桂様が立ち合うのを見てるんです。ありゃ面白い男のようですが、生半可では勝てません」

「おまえにしてはめずらしいことを言う」

「桂様も歓之助様も負かしています」

「おまえだって歓之助や新太郎には勝てるだろうに、いつも負けるのはなぜだ」

「へえ、そりゃ……歓之助様も新太郎先生も強いからです」

「ちゃらっぽこを言いやがって、わしの目は誤魔化せんぞ。おまえはわざと歓之助や新太郎に勝ちを譲っとるだろう。小癪なやつだ」

「いいえ、歓之助様にも新太郎先生にもあっしは勝てません。ほんとうです」

弥助がムキになって言うと、利貞がじろりとにらんできた。その目に畏怖を抱く弥助は膝を摺って少し下がり、肩をすぼめた。

「何かおれに教えてもらいたいということか。それでやって来たんだろ」

「へえ」

弥助は卑屈に頭を下げる。

「練兵館に恥をかかせちゃなりませんから、勝ちたいんです。歓之助様にも山本大河を打ち負かせと言われてるんです」

「ふむ、まあわからぬでもない」

利貞は無精髭をさわり、軒先に吊してある風鈴を眺めながら湯呑みを口に運んだ。湯呑みの中身は茶ではなく酒である。

ちりんちりんと風鈴が鳴り、表で鳴きつづけている蟬の声を一瞬消した。

「弥助、おまえはいつも右上段に構える癖がある。あれは、これから面を打つというのが相手にわかる。格下の者ならそれで通用するだろうが、上位の者には勝手がいかぬはずだ。だから歓之助も新太郎もおまえの技を避けることができる」

「へえ。まったくその通りです。新太郎先生の上段からの打ち込みには手が出ませんし、歓之助様の突きは防ぎきれません」

「その歓之助に山本大河は勝っておるんだな」

「へえ、歓之助様は不覚を取った、今度は負けないとおっしゃっていますが……」

歓之助というのは、練兵館の創立者・斎藤弥九郎の三男だ。いまは大村藩に召し出されて剣術指南役を務めている。

「山本という男はどんな技を使うのだ？」

弥助は首をかしげてよくわからないと言って、言葉を足した。

「打突が強いです。それに竹刀の動きが速いです。あっしはそれを見て面白いと思いました。なんであんなに速く竹刀を振れるのか教えてもらいたいぐらいです」

「竹刀の振りを聞いておるのではない。山本はどんな技を使うのだ？」

「さあ、それは……」

弥助は首をかしげる。聞かれると、どんな技を使ったかを思い出せない。とくに目新しい技を使っているようでもなかった。

「わからぬか。わからぬなら北辰一刀流の流儀を使っておるのだろう。千葉周作殿は鶺鴒(せきれい)の構えを弟子たちに教えている。中段に構えたとき、剣先をゆらゆらと揺らす動きだ。それから、上段からの打ち込みに勢いをつけた切り落としだ。さりとて懸念には及ばぬ。おまえは普段通りに立ち合えばよいだけだ。これから工夫を凝らしても身にはつかぬ」

「へえ」

「それに試合は明日なのだからなおさらではないか」

「それじゃ、まあいつものようにやります」

「小細工することはない。わしも明日は見学するか……」

「そりゃあ先生やめてください。先生に見ていられるとあっしは上がっちまいます」

「何を言うか。どれ、おまえも一杯やるか」

「へえ、いいので……」

酒好きの弥助はさっきから利貞の脇にある徳利に何度も目をやっていた。

「かまわぬ」

「それじゃお言葉に甘えまして……へヘッ、相談に来て得をしました」

弥助は相好を崩し、一膝前に出た。

蟬の声が一段と高くなっていた。

三

大河は早い昼餉（ひるげ）を取ると、徳次を伴い練兵館に向かった。

夏の空は高く、入道雲が聳（そび）えている。町屋は蟬時雨（しぐれ）に包まれ、風鈴売りとすれ違ったり、水売りが追いかけてきたりする。

大河は脇目も振らずずんずん歩く。短足の徳次は油断をすると遅れるので、ときどき小走りにならなければならなかった。汗を噴き出しながら、

「おみつはちょいと馴（な）れてきましたね」

徳次が唐突に話しかけてくる。

「そうだな、暗い顔をしていたが少し明るくなった」

「山本さんが面倒を見ると言ったから安心したんでしょう。それに太一はよく泣きますが、やっぱり赤ん坊っていうのは可愛いですね」

「たしかに可愛いもんだ」

大河は頰をゆるめる。ときどきぐずったり泣いたりする太一を、抱いてあやしているうちに情を移していた。物心ついたら剣術を教えてやろうかと考えもする。だが、いつまでおみつを預かるか、それが問題だ。

「とにもかくにも今日は、武者修行から江戸に戻ってきて最初の試合だ。気をゆるめず勝ちを取る」

「わたしは何の心配もしていません。仏生寺弥助がいかほどのものか知りませんが、噂通りの腕はないと思いますよ。もし噂がほんとうなら、とうの昔に名が知れているはずです」

「いや、軽く考えていると思わぬ火傷を負いかねぬ。名が通っていなくても強いやつは結構いるもんだ。めきめきと頭角をあらわしたのかもしれぬしな」

「山本さんにしてはずいぶん用心深いことを……」

「相手を見縊ってはならぬというのを、おれは旅をして学んだんだ」

「わたしも連れて行ってもらいたかったです」

大河はちらりと徳次を見て、さらに足を速めた。二人は九段坂に差しかかっていた。坂を上れば練兵館はもう目と鼻の先である。

道場玄関に入るなり、

「広い……」

と、徳次が目をまるくした。桶町道場も拡張して広い道場になっているが、練兵館は百畳である。その他諸国からやってくる門弟のために三十畳敷きの寄宿舎を備えている。

大河が名乗ると、見所のそばにいた門弟がすぐにやってきて、お待ちしていましたと挨拶をし、道場に上がるように勧めた。

「仏生寺弥助殿は……」

見所のそばに座っている男を見て聞いた。小柄で浅黒い顔の男が大河を見ていた。

「弥助殿はあそこです」

案内の門弟は、やはり小柄の男を指し示した。弥助が軽く会釈をした。

（あやつだったか……）

大河は思いだした。桂小五郎とこの道場で対戦したあと、帰るときに門そばに座っていた使用人ふうの男がいた。その男に「あんた面白い」と言われたことがある。あのとき弥助は、自分の名を名乗っていたが、大河はすっかり忘れていた。

（そうか、あやつだったか……）

大河は下座にゆっくり腰を下ろして、弥助をあらためて見た。口の端をゆるめ、薄く笑っていた。

早速支度にかかると、斎藤新太郎と桂小五郎が道場にあらわれた。他に十数人の門弟がいるが、道場が広いだけに閑散としている。

小五郎と新太郎が挨拶に来て、短い世間話となり、

「武者修行に行っておられたと耳にしましたが、いずこへおいでになりました」

小五郎が聞いてきたので、大河は京（きょう）から九州まで足を延ばしたことを話した。

「西国まで行かれましたか。萩（はぎ）や下関（しものせき）には立ち寄られなかったのですか？」

「岩国から萩にまわろうとしましたが、そのまま久留米と柳川に向かいました」

「ほう、すると大石さんや松崎浪四郎さんと立ち合われたのでは……」

小五郎は大石進と松崎浪四郎のことを知っていた。

「いろいろ学ぶことがありました」

細かいことは言わずにそう返答した。

「山本殿、支度ができておれば早速にも……」

新太郎に勧められた大河はゆっくり立ち上がり、道場中央に進み出た。そのとき見所脇に年寄りがあらわれた。若い門弟らが隠居先生はこちらへと、促していた。

(隠居先生……)

大河はそう呼ばれる男のことを、桶町道場の重太郎から聞いていた。

岡田利貞だ。撃剣館の前当主。その父・吉利は、斎藤弥九郎の師匠である。重太郎はこうも付け加えた。

——隠居先生と言われているが、その力は斎藤弥九郎殿をしのぎ、新太郎殿にも劣らぬ力があると聞く。仏生寺弥助はその隠居先生の秘蔵っ子らしい。

大河は窓際にゆっくり腰を下ろした隠居先生こと岡田利貞を見た。白髪交じりの髪にしわ深い顔をしていた。だが、眼光だけは鋭かった。

「仏生寺殿、一度会っているな」

大河は支度を終えた弥助が近づいてきたところで声をかけた。

「へえ、へえ、あっしは桂様との試合を見とりましたよ」

うへへと、楽しそうに弥助は笑う。

「なぜ、わたしに試合を望まれた？」

「へえ、歓之助様に一度やってみろと言われたんです。勝つ自信はありませんが、どうぞよろしくお願いします」

弥助はぺこぺこ頭を下げる。弥助は大河より五寸ほど背が低い。しかし、からげた袴にのぞく足はしっかりしている。

「歓之助殿に……」

大河は斎藤歓之助にも勝っている。弥助に意趣返しでもさせるために、試合を組ませたのかもしれない。まあ、そんなことはどうでもいいと、大河は腹の内で吐き捨て、検分役を務める桂小五郎を見た。

「よろしいですか？」

桂が聞くので、大河は黙ってうなずいた。

「五番勝負でよいですか？」

大河はまたうなずく。弥助は余裕の笑みを浮かべている。普段からそうなのかもしれないが、卑屈そうでありながら人を食った顔をしている。

「弥助、勝負は五番だ。よいな」

桂に念押しされた弥助は、へえへえと答える。

「では、お互い面をつけて、早速はじめましょう」

四

道場内がしーんと静まった。物音も人の声も一切ない。聞こえるのは表で鳴いている蟬の声だけだ。

「はじめッ！」

検分役を務める小五郎が静寂を破る声を発した。

大河は竹刀を中段に取ったまますっと前に出る。

弥助も前に出てくる。面のなかの目がさっきと違っていた。双眸に針のような光がある。へらへらしていた口も、きゅっと閉じている。

「きええぇーッ！」

弥助が気合いを発した。

大河はその気合いに「りゃあー！」と、自分の気合いを被せる。

間合いが詰まった。二間から一間半……さらに一間。

「きーッ！」

弥助が突きを送り込んできた。鋭い突きだった。大河は左足を軸に、右足を引くことでかわした。すかさず弥助は上段から打ち込んできた。

大河は払い上げるなり、面を打ちにいった。弥助は敏捷に跳びのいてかわし、すぐに面を狙い打ってきた。

大河は横へ払い、即座に面を返した。

「たあッ！」

気合いと同時に、弥助の面がビシッと音を立てていた。大河が一番取った。

気を取り直した弥助がまた前に出てくる。

大河は落ち着いて動きを見る。弥助は小柄な分敏捷で、突きも打ち込みも鋭い。一瞬の油断もならないと、大河は自分を戒める。これまでいろんな剣術家と対戦してきたが、弥助の動きは独特である。技を仕掛ける瞬間の見極めが難しい。

弥助が動きを止めた。竹刀を中段に構えたまま、べた足で立っている。それでは攻撃には移れない。大河は前に出た。

剣尖を小さく左右に揺らし、小手から面を打ちにいった。竹刀の先を払われた瞬間、右面に衝撃があった。弥助が勝ち誇ったような気合いを発していた。

「一本！」

小五郎が弥助の勝ちを認める。

大河は唇を噛(か)んで前に出る。弥助の口の端が緩んでいた。気を良くしているのだ。

勝負は同等。あと三番ある。もう一番も譲らないと大河は己に言い聞かせる。

竹刀を持つ手から少し力を抜き、小さく息を吐いて吸う。額に浮かぶ汗がすうっと頬を伝う。弥助が右にまわった。窓から風が吹き込んできて、袴の裾(すそ)を揺らした。

大河はすっと前に出た。さっと、弥助が右八相に構える。大河は眉宇(びう)をひそめた。弥助の構えには面打ちに行くという意志がある。

（ならば来い）

誘いかけるように前に出た瞬間だった。案の定、弥助は面を狙って打ち込んできた。

大河は即座に払いあげ、右足を大きく踏み込みながら胴を抜いた。

「どーッ！」

決まっていた。小五郎が大河の勝ちを認める。

四本目も大河が小手を打って勝ち、五本目になった。

弥助に焦りが見えた。鋭かった目には弱気な光さえ浮かんでいる。

（こやつ、気落ちしたか）

大河はかまわず前に出る。さっきもそうだったが、弥助はまた左上段に構えた。

これも面を打ちに行くという意志がある。

摺（す）り足で半尺詰めたとき、弥助が面を打ちに来た。大河は払いあげてかわす。すかさず弥助が打ち込んでくる。またもや面打ち。今度は払い落としてかわし、逆に面を打ち込んだ。これは電光石火の早技で、汗を吸った弥助の面から飛沫（しぶき）が飛んだ。

「めーん！」

大河の気合いと同時に弥助の体がゆっくり後ろに倒れた。脳震盪（のうしんとう）を起こしたのだ。

「それまでッ」

小五郎が大河のほうに手をあげ、誰か弥助の介抱をと門弟らに言いつけた。

「山本さん、また腕をあげましたな。驚きました」

大河が面を外すと、小五郎が声をかけてきた。

「いえ、仏生寺殿には驚きました。油断できぬ相手です」

そう言って弥助を見ると、頭を振りながら半身を起こした。どうやら大丈夫のようだ。

「いや、あなたはまた強くなった。弥助の竹刀を払いはしたが、その身に竹刀を触れさせなかった」

「いえ一番落としています」

大河はその一番が悔しかった。

「あれはまぐれあたりでしょう」

「そんなことはありません。仏生寺殿の力量はよくわかりました」

大河はそう応じてから弥助に声をかけた。

「大丈夫でござるか？」

「山本さんの竹刀が見えませんでした。まいりました」

そう言いながら、最後に打たれた頭を撫でさすった。

これで大河は練兵館に三連勝したことになるが、満足はしていなかった。

二本目を取られたのだ。あれはまったく納得できない。

帰り道でそのことを口にすると、

「山本さん、一番取られただけではありませんか。気にすることはないでしょう」

徳次は自分の師匠にあたる大河が勝ったことに気をよくしているらしく、ほくほく顔だ。

「いや、だめだ。あれは不覚以外の何ものでもない。徳次」

「へえ」

「おれは常に真剣で戦うことを考えている。だから、相手の竹刀を体に触れさせたくない。擦り落としや擦りあげ、あるいは払いはするが、相手の竹刀がおのれの身にあたらないように稽古を積んでいる。だが、一本取られたのは、まだ稽古が足りぬということだ」

「山本さんは自分に厳しすぎますよ」

「おまえはそう言って自分を甘やかしているんだ。だから強くならんのだ」

「へえー、痛いことをおっしゃる」

徳次はおどけたように首をすくめ、言葉を足した。

「でも、稽古をつけてくださいよ」

「つけてやるが、もっと真剣にやれ」

「あ、はい」

「それにしても仏生寺弥助はなかなかやる男だ。ただ、やつには弱みがある」

「なんです?」

「あれは右上段左上段が得意のようだが、胴ががら空きだ。わざと誘っているのだろうが、胴抜きを磨けば、やつは一本も取れないだろう」

「またやる気ですか?」

「いや、もうやらぬと思う。やつにもその気はないだろう」

大河は九段坂を下りきったところで、

「徳次、おれはお玉ヶ池に寄っていく。おまえは先に帰っておれ」

と言って、道具を徳次に預けた。

五

おみつは太一を寝かしつけると、籠（かご）を提げて正木町の家を出た。太一を負ぶって買い物に行くこともあるが、ひとりのほうが楽だった。

正木町から大店（おおだな）が軒を列（つら）ねる日本橋（にほんばし）の通りに出て、店を眺めながらゆっくり歩く。江戸に出てきて一年ほどだが、この通りに来ると心がはずむ。

色とりどりの暖簾（のれん）に大きな屋根看板。十間や二十間もの間口のある店もあれば、一間や二間の小さな店もある。小さな店でも置いてあるのは高級品が多い。櫛（くし）や笄（こうがい）あるいは刀の鍔（つば）や煙管（キセル）等々。どれも一流の職人の手によるものだ。

呉服屋や太物屋の前に来れば、きらびやかで艶（あで）やかな着物に見とれてしまう。いまの自分の身の丈には合わないが、いつかこんな着物を着てみたいと思う。

通りを行き交う人も多い。生まれ故郷の木更津にはない賑（にぎ）やかさと華やかさがある。朝吉と駆け落ちするときは不安でいっぱいだったが、江戸に出てきてその華やかさに胸をときめかせた。

江戸に出てくると、朝吉は日傭取り(ひよう)に出、それから車力屋ではたらくようになった。稼ぎは少なかったが、それでも幸せな日々だった。

思いもよらぬ悲しみに襲われたのは、今年の春だった。太一を産んでしばらくしたとき、朝吉が高熱を出して寝込み、そのまま帰らぬ人になったのだ。

親子二人きりになったおみつは江戸を離れて郷里に帰ったが、朝吉の親には人殺しだと罵(ののし)られ、実の親にも冷たくあしらわれた。

「子連れで帰ってきやがって、馬にでも蹴(け)られておっ死(ち)んじまえ」

父親はひどいことを言っておみつを家に入れてくれなかった。母親もいい顔をしなかったが、これがせめてもの慈悲だと言って、金の入った財布をわたしてくれた。

そのとき、母親はこう言った。

「もう、おまえの面倒は見られない。世間の目もあるし、おとっつぁんも頑固だから、一度言ったことは曲げない人だ。あんたは肚(はら)を括(くく)って生きるしかない」

母親にも突き放されたおみつは、悲しみに打ちひしがれながら江戸に戻ってきた。

長屋の家はそのままだったので、生まれて間もない赤ん坊の太一と二人暮らしになった。

おみつには生きていく甲斐性がなかった。思い悩んで許しを請う手紙を実家に出すと、一月ほどかかって返事が来た。

その手紙を読んでおみつは愕然となった。何と父親が死んでいたのだ。そして母親も病気になって寝込んでいるのがわかった。家業の石屋も借金が嵩みやめたとあった。

たとえ親が許してくれ、実家に帰ったとしても、厄介者扱いされるのは目に見えていた。かえって迷惑をかけることも。

かといっておみつには生活の糧がなかった。金が底をつくと、もう生きてはいられない。頼る人もいない。選ぶ道はひとつだった。

太一を道連れに心中することだった。だが、そこで山本大河があらわれ、命を救ってくれたばかりでなく、しばらく面倒を見てもらえることになった。

捨てる神あれば拾う神ありだと思うが、いつまで面倒を見てもらえるか、それはおみつにもわからないが、いまはしっかり大河と徳次に仕えることが自分の生きる道だと思っていた。

日本橋をわたると魚河岸に足を向けた。太一を寝かしつけたとは言え、ひとりにしているので買い物は早くすませたい。それなのに魚屋の者が何かと話しかけてくる。やれ天気がどうの、今年の花火はどうの、近所でひったくり騒ぎがあっただの。

おみつは適当に相槌を打って話を合わせるが、ときにお嬢さんは縹緻よしだね、男に騙されるなよなどと言われると、ちょっと嬉しくなる。

買い物をすまして正木町の家に帰るときにも、賑わっている通町を歩く。楽しげに笑いあっている町娘や親子連れを見ると、自分以外の誰もが幸せそうに見える。

おみつも以前は明るくてよく笑う女だった。だが、身に降りかかった不幸が自分の性格に暗い影を落としている。

「ただいま、太一帰ったわよ」

戸口を入って声をかけたが、太一の泣き声も物音もなかった。

（もしや……）

妙な胸騒ぎを覚えて座敷に行くと、太一は出かけるときと同じ恰好ですやすやと寝息を立てていた。

胸を撫で下ろして、太一のそばに座り、やさしく頭を撫でてやると目を覚ました。目を開けたとたん、ぐずりはじめる。

「おお、乳がほしいんだね。はい、はい」

太一を抱き取って膝にのせると、襟元を広げて乳を吸わせた。太一は目をつむってうまそうに乳を飲む。

「おまえは立派に育つんだよ。おっかさんは、おまえが大きくなるまでは元気でいるからね」

そう言ったとたん胸が熱くなった。これから先のことを考えると、心細くて胸が締めつけられる。

しっかりしなければならないと思うが、ひとりで生きていく自信がない。いまは大河と徳次の世話になっているが、それもいつまでつづくかわからない。

「太一、太一……」

自分の乳を吸う太一の顔を見ながら、おみつは涙を溢れさせた。

六

「大河、よう来た」

お玉ヶ池の玄武館に入るなり、道三郎が声をかけてきた。北辰一刀流二代目宗家の奇蘇太郎の跡を継いで、いまや玄武館を率いる男だ。

「久しぶりです」

大河は見所に座っている道三郎のそばへ行った。道場では門弟らが激しい稽古を展開していた。

「話は聞いたぞ。仏生寺弥助と試合をするそうだな」

その話は道三郎にも届いていたらしい。

「さっきやって来たばかりです」

「ほう、そうであったか。それでどうした？」

道三郎は少し驚き顔をした。

「五番やって、一番落としました。それが悔しくてならんのです。落とした一番はおれの不覚でした」

大河はどっかりと座って胡座をかいた。

道三郎とは同年で、大河が千葉門下に入ったときから気の合う仲だった。敬語は使うが「おれ」と自称し、砕けた会話ができる相手だ。

「一番落としたか。それはちょっと残念だな」

「一番落としたことで、またやらなければならぬことを見つけました。それにしても、熱が入ってますね」

大河は道場を見やった。

「茶でも飲もう。ついてまいれ」

道三郎は立ち上がって、大河を母屋に案内した。

庭の見える座敷に入って向かい合うと、道三郎は楽にしろと言った。大河は遠慮なく胡座をかく。女中が茶を運んでくるまでの間に、仏生寺弥助とどんな試合をやったかかいつまんで話した。

「あれは表へ出る男ではないと聞いているが、練兵館ではかなりの腕だという噂は聞いていた。そうか、やつのほうから試合を申し込んできたのか」

あらかたの話を聞いたあとで、道三郎は茶に口をつけた。

「歓之助殿に勧められたと言っていました」

「なるほど。すると、歓之助さんはまた悔しがるであろうな。そうだ、父上と奇蘇兄の墓参りをしてくれたそうだな」

「江戸に戻ってきてすぐに行きましたが、旅先で知って驚きました。江戸が地震で大変なことになったのを知ったのも旅先でした。何もできず申しわけないです」

「いやいや気にすることはない。もっともあのときはいろいろ大変であったが、何とか建て直すことができた」

「桶町もそうですが、お玉ヶ池も道場が広くなり稽古のし甲斐(がい)がありそうです」

「諸国からやってくる門弟のために寮も作ったしな」

道三郎はどことなく得意そうだ。また大河に会って嬉しそうでもある。大河もそれは同じだ。

「水戸家の馬廻役に取り立てられたと聞いていますが……」

「うむ、死んだ父上が引き立ててくれたのだろうと感謝しておる。定府の身だから、その分気も楽だ。それに先日は殿様から白銀三枚をいただいた」

道三郎は頬をゆるめて話す。殿様というのは、水戸藩九代藩主の徳川斉昭(なりあき)のことだ。白銀というのは、功労に対する賞与や贈答品で銀三分に相当する。

「殿様の覚えめでたいというのは何よりです」

大河は茶を飲んだ。

風鈴の音に蟬の声、道場からは門弟らの気合いの声が聞こえる。

「大河、おまえは武者修行に行ってよかった。こうやって眺めると、あらためてそう思う」

道三郎がまぶしそうな目で見てきて言葉をついだ。

「剣術馬鹿は馬鹿なりに見所があると思っていたが、おまえはおれの思いどおりの男になったようだ」

「馬鹿は余計でしょう」

大河がそう言うと、道三郎ははじけたように笑った。大河も笑った。道三郎といると、不思議なもので気が楽になるのだ。桶町の重太郎や定吉などにはない親しみがある。

「何か変わったことはないか？」

ひととおりの話をしたあとで道三郎が聞いたので、

「女を拾いました」

と、言った。道三郎が目をまるくする。

「女を……どういうことだ？」

「赤ん坊がいるんですが、その子を道連れに身投げしようとしていたのを引き止めて、家に預かっているんです」

「吉田屋に借りてもらっている家にか。それでどうするつもりなのだ？」

大河はわからないと首を振り、

「赤ん坊がもう少し大きくなるまでは、面倒を見るしかないでしょう。行きがかりとは言え、あとには引けなくなったから仕方ありませんよ」

「おまえも人のよいことを……。まあ、それが大河であろうが……」

「面白い門弟はいますか？」

大河の唐突な問いに、道三郎は目を輝かした。

「いるぞ。なかなかの男が入っている。おまえにも紹介しようと考えていたところだ。いま、道場で稽古をしているが、会うか？」

「是非にも」

そのまま道場に戻ると、道三郎は稽古中の門弟らを眺め、

「山岡」

と、声を張った。

呼ばれた男は、清河八郎と組太刀稽古をしていたが、道三郎の声で振り上げた竹刀を下ろして、振り返った。色の浅黒い大きな男だった。

「山岡鉄太郎（のちの鉄舟）だ」

道三郎はそう紹介して、大河のことも紹介した。

「お話はかねがね伺っております。あなたが山本さんでしたか」

鉄太郎は体に似合わぬ温厚な顔を向けてきた。

「大河、山岡は講武所でも指南をしている。いずれこの道場の塾頭にもなれるであ

ろう男だ」

「講武所では井上先生の助をしているだけです」

鉄太郎は恥ずかしそうに説明した。

「井上先生というのは……？」

大河は鉄太郎を見た。

「井上清虎先生です。周作大先生の門下だった方です」

「すると、井上さんに剣術を……」

「さようです。飛騨にいるときにご指導いただきました」

「飛騨……おれは昨年木曾に行ったが、井上さんには会えなかった。すると、井上さんと江戸に出てきたのはおぬしであったか」

「おそらくそうです。お見知りおきお願いいたします」

鉄太郎は丁寧に頭を下げて稽古に戻った。

「暇なときに相手をすれば、山岡の腕がわかる。いずれ立ち合わせよう」

道三郎は鉄太郎の背中を見て言った。

「楽しみです」

「もう一人いる。こやつはおまえに会いたがっていた男だ」

そう言って道三郎が呼んだのは、真田範之助という男だった。呼ばれた範之助が大河を紹介されると、ぱあっと目を輝かせた。

「あなたが山本大河さんでしたか。いや、ずっとお目にかかりたいと思っていたのです」

「おれのことを知っていたのか？」

「わたしは多摩の生まれで、そこで育ちましたが、山南敬助さんが修行の旅の途中で立ち寄られたときに、山本さんの話を聞いたのです」

「ほう、山南さんと知り合いであったか」

「範之助は天然理心流を会得している。この道場に来てからも腕をあげた。山岡同様にいずれ塾頭になれるはずだ」

道三郎は範之助を買っているようだ。

「おれは桶町だが、たまにこっちに遊びに来よう」

大河は範之助を見て言った。

「そのときには是非にもお相手お願いいたします」

範之助は嬉しそうに頬をゆるめた。

七

七夕が終わり、夏の終わりを告げるような夕立があった。

江戸の町には秋祭りや大川の川仕舞いが近いなどという話が巷で噂されていた。

攘夷がどうの尊皇がどうのと言うのは、一部の者だけで、大河もその話が出ると馬耳東風であった。

庶民は身近なことに興味を示し、幕府の政や将軍家のことに関心は示さない。

「もう夏も終わりだな。朝顔売りはまだ見かけるが、蟋蟀を売り歩いている行商を見た。秋が近いということだろう」

大河は縁側に座りのんびりしたことを、太一のお襁褓を替えているおみつに話しかけた。

「もう虫売りが見られましたか。月日のたつのは早いですね」

おみつが太一を横に寝かして顔を向けてきた。以前ほど暗い顔はしていない。それに大河が小さなことにこだわらないざっくばらんな性格だと知ったせいか、妙に畏まったりしなくなった。大河もそのほうが気が楽だった。

「太一もここ一月でずいぶん大きくなった」

大河は横になって「ばうばう」と言葉にならない声を漏らしている太一を見る。両腕と両足をばたつかせ、何が楽しいのかにっこり笑ったりする。

「あと二月もすればはいはいして歩くかもしれません」

「そんなものか。楽しみだな」

「ええ。それで、旦那さん」

おみつはいつしか大河のことを「旦那さん」と呼ぶようになっていた。

「なんだ」

「徳次さんにも話したのですが、黙っていたことがあります」

おみつは玄関のほうを気にして言った。徳次は店の掛け取りや仕入れ仕事をつづけていた。毎日ではないが、店から声をかけられると出かけていくのだ。

「何を黙っていた？」

大河は座ったまま体を動かして、おみつに正対した。

「ここに置いていただいて本当に感謝しています。でも、いつまで甘えさせてもらったらよいのか……」

「そんなことは気にせんでもいい。まずは太一を育てることが大事だろう。太一がひとりで留守番をできるようになれば、おまえもはたらきに出られる。それともやはり実家に帰るか……」

「そのことです」

おみつは一度うなだれ、唇を引き結んでから大河を見た。

「おっかさんは家屋敷を売って、いまは寝たきりです。もう死んでいるかもしれません」

「死んでいる……」

大河は眉宇をひそめた。

「死んでいなくても、わたしは木更津に帰ることはできません。ほんとうは上に兄がいるんですが、これがろくでなしで、店が潰れたのもその兄のせいもあるんです。それにいっしょに江戸に出てきて死んでしまった朝吉さんの親に、わたしは人でなしと言われていて、戻ったら殺されるかもしれません」

「なぜ、そんなひどいことを」

「朝吉さんが死んだのは、わたしのせいだと思われているのです。駆け落ちしたのも、わたしが唆したからだと……。言いわけしても、信じてもらえないはずです」

ずいぶん暗い話になった。大河は短く嘆息したが、おみつの身の上は何となく理うだ。

解できる。一旦悪い噂が立てば、それを解消することはできない。とくに田舎はそ
「だから、いますぐこの家を出て行けと言われると困るのです」

「誰もそんなことは言っておらんだろう。徳次だって言わないはずだ」

「はい」

おみつは泣きそうな顔でうなだれる。

「おみつ、そんなこと気にすることはない。行くところがなければ、ずっといればいい。おれはそれでいっこうにかまわんのだ。おまえは飯炊きも掃除も買い物も、洗濯もやってくれる。ありがたく思っている。そんな心配はいらんし、気兼ねもすることはない」

「ほんとうに……ほんとうに、それでよいんですか」

おみつの潤んだ瞳がきらきらと光っている。あらためて気づくことではないが、おみつはなかなかいい女だ。大河はときどき手を出したい衝動に駆られるが、その邪な欲望を必死に抑え込んでいる。

「よいからよいと言ってるんだ。気にするな」

大河はさっと背を向けて表に目を向けた。二人きりだし、徳次はいない。その気

になれば、おみつを抱くことはできる。しかし、それはならぬと己に言い聞かせている。

「ありがとうございます」

背後でおみつが頭を下げる気配があった。

大河と徳次の厚意に甘えているおみつには、おそらく心苦しさや遠慮があったのだろうが、その日以降は前にも増して打ち解けるようになり、また子育てを兼ねながら献身的に家事をやるようになった。ときに徳次の頓馬（とんま）な冗談に笑えば、一心に剣術の鍛錬をするとき以外の大河の鷹揚（おうよう）さも気に入ったのか、

「旦那さんは、いったいどんなお考えの方なんです？」

と、疑問を呈することもあった。

「どんな考え……。おれは面倒なことは深く考えぬ。だが、剣術だけは誰よりも深く考えるので、他のことまで頭がまわらんのだ」

大河がそう言って、おれは馬鹿だからなと言葉を足せば、

「いいえ、旦那さんは決して馬鹿ではありませんよ」

と言って、おみつは可愛らしく首をすくめて微笑む。

八月も半ばを過ぎると、大分涼しくなり、夜になれば虫の声が聞かれるようにな

った。

徳次は深川八幡の縁日に行けなかったので、亀戸天神の祭りに行こうと大河とおみつを誘った。

「亀戸の神楽は見物なんです。山本さん、道場のこともあるでしょうがたまには息抜きも大事ですよ。おみつも行きたそうな顔をしているし、太一も連れて行けばきっと喜びますよ」

「おまえは遊ぶことばかり考えているんだな。だからいつまでも上達しないんだ」

大河がそう言えば、

「それは山本さんがしっかり教えてくれないからではありませんか」

と、口答えをする。

「教えていないのではない。おまえは呑み込みが悪いのだ。自分でどうやったら強くなれるか、それを考えることをしないからだ」

「考えてはいますよ」

「だったら人の十倍いや百倍は稽古をするはずだ。おまえの稽古は、おれから言わせればただの暇潰しの遊びとしか思えん」

「ひどいことを……」

「まあ、いい。おみつ、徳次がそう言うからたまには縁日に行ってみるか」

大河が徳次のおねだりに折れると、おみつは嬉しそうに目を輝かせた。

亀戸天神の祭礼は毎年八月二十五日に行われる。大河と徳次、そして太一を負ぶったおみつは、その日の昼下がりに亀戸に足を運んだ。

亀戸天神門前は大賑わいで、お囃子の音が鳴りひびき、豪勢な花や当代人気の役者の作り物が飾られ、沿道には祭礼の提灯がずらりと下げられていた。

饅頭や煎餅、飴などを売る屋台店があり、見物に来た客でごった返していた。威勢のいいかけ声とともに神輿がやってくると、大河たちはもの珍しそうに眺めて、遠ざかる神輿を見送った。

徳次がやや興奮気味の声を上げてはしゃげば、おみつも久しぶりに満面の笑みになり、負ぶっている太一に声をかけていた。大河も久しぶりに祭りに来て、よい気晴らしになったと思った。

正木町の家に帰ったのは日が暮れて、宵闇が濃くなった時分だった。

夕餉を軽くすませ、寝酒のための晩酌をすると、その日の疲れが出たらしく早々に床に入った。徳次も横になるなり、いきなり鼾をかきはじめた。

「旦那さん、旦那さん！」

おみつの悲鳴じみた声がしたのは、夜更けのことだった。

大河が夜具を払っておみつの部屋に行くと、

「太一が太一が熱を出しているんです」

と、太一を抱いたおみつが悲痛な顔を向けてきた。

「死ぬかもしれません。お医者を、お医者に診させてください」

第三章　告　白

一

　おみつは太一を抱いたまま取り乱していた。

「落ち着け」

　大河はそう言って、太一の額に手をあてた。高熱を出しているとわかった。太一は虚ろな目で力がない。

「いつからだ？」

「さっき、ぐずったので乳を吸わせようとして気づいたのです。どうしたらよいでしょう。熱に負けて死んだりしたら……。太一、太一、大丈夫かい」

　おみつは太一の頭を撫でて呼びかけるが、太一はぐったりしている。熱のために顔が赤くなっており、額には汗が浮いていた。

　大河は視線を彷徨（さまよ）わせて考えた。こんな刻限に起きている医者はいないだろうし、親しい医者もいない。

「徳次、徳次……」

　大河は寝間に引き返すと、鼾をかいて寝ている徳次をたたき起こした。

「どうしました」

　徳次は目をこすりながら半身を起こした。

「医者を知らぬか？　近所にいい医者はいないか？　太一が熱を出してぐったりしているんだ」

「ええ……」

「ええじゃない。医者だ。おまえの店には懇意にしている医者ぐらいいるだろう」

「医者でしたら……周庵（しゅうあん）先生がいますが、いま何刻（なんどき）です？」

「わからん。だが、九つ（午前零時）は過ぎているはずだ」

「九つ……こんな夜中に迷惑ですよ。それに寝ているでしょうし、往診は無理だと思いますよ」

「往診がだめなら連れて行く。その周庵先生はどこに住んでいる？」

「店の近くです」

「呼んでこい」

「へっ、これからですか？」

徳次は目をまるくする。

「そうだ。すぐ行ってこい。おみつは死ぬかもしれぬと言っている」

「無理だと思いますけど……」

徳次は独り言をつぶやいて、のそのそ起き出し、周庵を呼びに行った。

「おみつ、とにかく熱を冷ましてやらなきゃならん」

大河はもう一度太一の様子を見て台所に行き、水に浸した手拭いを絞り、手桶を持っておみつの寝間に行き、太一の顔を拭いて額を冷やした。太一の顔はさっきまで赤かったが、いまは血の気をなくしていた。小さな体を震わせてもいる。

「熱があるから寒気がするんです」

おみつは掻巻きを太一にかけ、横になって見守る。こういったことに慣れていない大河は、そばについて見守っているしかない。

徳次はすぐに戻ってきたが、

「周庵さんは寝ていて起きてきません。おかみさんが明日の朝、一番で往診させると言ってくれました」

と、残念そうな顔をする。

「明日の朝か……徳次おまえの店に熱冷ましの薬はないか。何人もの奉公人を抱えているから薬ぐらいあるだろう」

徳次はハッと気づいた顔になって、

「すぐ行って取ってきます」

と、再び家を出て行った。

おみつは「太一、太一」と呼びつづけている。大河は何度か手拭いを絞り直して、太一の額に置いた。

徳次は熱冷ましの薬を持ってきたが、太一は飲まそうとしてもうまく飲めなかった。薬を水に含ませてやっても、口の端からこぼれるだけだ。

「飲めないんです。乳も吸わなくなりましたし……」

おみつは泣きそうな顔で首を振る。

「それでも少しは口のなかに入ったのではないか。夜が明けるまで様子を見るしかない」

大河が言うとおみつも「そうですね」と、あきらめ顔でうなずいた。

それからいかほどの時がたっただろうか。

一睡もせずに夜具の上に座っていた大河は、鳥のさえずりを聞き、雨戸の隙間に朝の光が見えると、そっとおみつの部屋を訪ねた。

おみつも寝ていなかったらしく、大河の気配にすぐに気づき、青ざめた顔を向けてきた。

「どうだ？」

「わかりません。熱は下がっていません」

「困ったな。だが、夜が明けた。医者が来るのを待つしかない。おみつ、少し休め。おれが様子を見ている」

「朝餉(あさげ)はどうされます？　作りましょうか……」

大河は少し考えてから「頼む」と言った。

おみつはよろけるように立ち上がって台所へ行った。大河は太一の頬をそっと撫で、額に手をあてた。

「太一、くじけるな。こんな熱に負けてはならん」

二

周庵という医者が来たのは、五つ（午前八時）を少し過ぎたときだった。

「熱はじきに下がるだろうが、それまでは静かに寝かせておきなさい。薬を置いていくので目を覚ましたら乳に含ませて飲ませるといい」

周庵は熱冷ましの煎じ薬をおみつにわたした。

「風邪でしょうか？」

「わからぬ。風邪かもしれぬが、耳の後ろと首に発疹があるのが気になる。麻疹でなければよいが……」

おみつは暗然として太一を見た。大河も暗澹たる気持ちになった。麻疹は命を左右する病である。もし、麻疹ならまだ生まれて六月にも満たない太一に、その病に耐えられるだけの力があるかどうかだ。

しかし、太一の熱はその日の夕刻に下がった。これには少しおみつも安堵したようだが、発疹が全身に広がっているのを見た大河は危機感を覚えた。

「山本さん、太一は助からないかもしれません」

おみつのいないところで徳次がそっとささやいた。麻疹の死亡率は高く、特効薬もない。この時代、麻疹で命を落とす子供は少なくなかった。

そして、大河が危惧したとおり、太一は二日後に息を引き取り、静かにこの世を去った。わずか半年の命だった。

おみつの悲嘆には、そばにいる大河も徳次も胸を痛めずにおれなかった。徳次がもらい泣きすれば、大河も口を引き結んで涙を堪えながら、悲しむおみつを慰めるしかなかった。

太一の亡骸を回向院で荼毘に付して埋葬したのは、二日後のことだった。野辺送りは三人のみで行い、太一が無事に成仏するのを祈った。

「旦那さん、徳次さん、いろいろとお世話になりました。太一は死んでしまいましたが、わたしはあの子の分も生きようと思います。これからはひとりで何とかやっていきますので、仕事が見つかったらお暇させていただきます」

太一が死んで半月ほどたった夕餉の席で、おみつが畏まって頭を下げた。

晩酌をしていた大河は杯を膝許の折敷に置き、おみつを眺めて口を開いた。

「おみつ、たしかに太一の分も生きてやらねばならぬ。だが、ここを出て行くことはない」

　おみつはえっという顔を大河に向けた。

「この家がいやか？　それとも外で仕事をしたいか？」

「いやではありませんが、ずっとお世話になりっぱなしなのです。我が儘は言えません」

「おれはおまえにいてもらいたい。それにこうやっておまえは仕事をしている。おれたちの飯を作ったり家の掃除をしたり洗濯をしたりと……」

「それは当然のことですから」

「どうしてもこの家を出て行くと言うなら引き止めはせんが、おれはおまえにいてもらいたい。正直な気持ちだ。徳次、おまえはどうだ？」

　大河は徳次に顔を向けた。

「わたしもおみつがいると助かります。無理して出て行くことはないと思うがな」

　徳次はおみつを見る。

「でも……」

「おれたちが嫌いか？　おれたちといると息苦しいか？」

　大河はおみつをまっすぐ見て問うた。

「いいえ、そんなことはありません」

「ならば……」

　大河は一度言葉を切ってつづけた。

「太一は死んでしまったが、これまでどおりこの家にいてくれ。徳次、おれはそうしてもらいたいが、どうだ？」

「それでいいと思います」

「そんな……」

　おみつはみはった目を潤ませたと思ったら、大粒の涙を頬につたわらせた。

「で、ではお言葉に甘えさせていただきます。しっかり仕えさせていただきますので、どうかよろしくお願いいたします」

　そのまま頭を下げたおみつは、肩をふるわせて嬉し涙を流した。

　大河は徳次と顔を見合わせてうなずき合った。

「よし、そうと決まったからには、おみつ、遠慮はいらん。文句を言いたいことがあれば遠慮なく言え。いやなことがあったら、はっきりいやだと言え。よいな」

「はい」

　おみつは指先で涙を払いながら嬉しそうに笑った。

「おみつ、正直なことを言うと、おまえがいると助かるんだ。なにせ山本さんは飯は作らないけど、大食いだ。それに片づけが下手で、わたしは往生していたんだ。掃除だって一苦労していたけど、おまえがいるとほんとうに楽なんだ」

「徳次、おまえそんな苦労をしていたのか」

大河は徳次を見た。

「だって、そんなこと言えないではありませんか」

「そうか。それは気づかなかった」

「まったく人まかせなんですから。足袋だって手拭いだってわたしが洗っていたんですよ。褌だって……」

「いやいや、そうだったのか。知らなかった。それは悪かった」

大河がばつが悪そうに笑うと、おみつもおかしそうに笑った。そのことで堅苦しい空気が解けて和やかになった。

「とにかく、おみつがいることになってめでたい。よし、おみつおまえも一献傾けるか」

大河が酒を勧めると、すかさず徳次が口を挟んだ。

「まだ太一の喪は明けていないんですよ。めでたいなんて言わないでください」

「おお、おまえも言うようになったな。だがまあいいではないか。おみつ、酒は飲めるか？」

「少しなら」

「ならば杯を持ってこい。いっしょに飲もう」

　大河はいつになく陽気になっていた。

三

　その年の神田祭は例年にない淋しいものになった。神輿や山車は出たが数は少なく、また踊りや練り物も出なかった。おまけに翌日のお礼参りは雨にたたられ、賑わったのは明神下の通りにある料理屋や居酒屋だけで、こうなったら十月に行われる湯島天神祭に期待するしかないと、誰もが口にしていた。

　桶町千葉道場でも同じような話が交わされていたが、大河はとくに興味を示すことなく、日々の鍛錬と門弟の指導に熱を入れていた。

「大河、道三郎から言付けだ。明日あたりお玉ヶ池の道場に来てもらいたいそうだ」

　重太郎からそう言われたのは、その日の稽古が終わったときだった。

「なんでも山岡鉄太郎と手合わせをさせたいらしい。お玉ヶ池には山岡と肩を並べられる者がいないらしいのだ」

「山岡……」

大河は山岡鉄太郎の顔を思い出した。色が浅黒く体の大きな男だったが、温厚そうな雰囲気を醸していた。

「わかりました。明日の午後にでも行くことにします」

「わしはその山岡の稽古ぶりを見たことがあるが、なかなかやるなと思った。道三郎が目をつけているぐらいだから見所があるのだろう」

「それは楽しみです」

道具を担いで家路につく大河は、町のところどころで菊の花を見かけた。もうその季節なのだ。大店の戸口前には、菊人形を飾っているところもあった。

「菊か……」

つぶやいて思い浮かべるのは、おみつの顔だ。太一を失ってしばらくは落ち込んでいたが、ようやくその悲しみも癒えたらしく、活き活きと家事をこなしている。やはり家には女手が必要だったと思う今日この頃だ。

「徳次はまだ帰ってこぬか？」

正木町の家に帰るなりおみつに聞いた。

「何でも掛け取り仕事が忙しいとおっしゃってました」

「さようか。店から厄介払いされてはいるが、都合よく使われているってわけか」

「徳次さんはそのことを始終愚痴っています。おれを追い出したくせに、いいように使うと。それでも稼ぎになるから仕方ないと……」

「まあ、親父殿も徳次の心配をしているのだろう。そうでなければ使わないはずだ」

大河はそう言ってあらためておみつを見た。

「誂えたか……」

それはおみつの着ている着物だった。着の身着のままで正木町に来たので、大河は古着を買い与えていたが、太一を亡くして意気消沈しているときに、少しは気持ちも変わるだろうと徳次に頼んで誂えさせていた。

「早速着てみました」

おみつは照れ臭そうな笑みを浮かべた。誂えた着物は、納戸色の麻の葉模様だった。

「よく似合っている。今度は羽織を揃えないとな」

おみつはよほど嬉しいのかにっこり微笑み、大河が座敷に向かうその背中に、

「ありがとうございます」

と、声をかけた。

徳次が戻ってくると、大河は明日の午後に山岡鉄太郎と立ち合うことを告げた。

「ついてはおまえにもついてきてもらいたい。それとも店の仕事があるか？」

「いえ、明日はありませんのでお供できます」

徳次は目を輝かせて返事をした。

翌日の朝、大河はいつものように桶町道場で柏尾馬之助相手に稽古をし、徳次がやってくると近所のそば屋で昼飯を食ってお玉ヶ池の道場に入った。

道場では昼過ぎにやってきた門弟らが稽古に汗を流していたが、道三郎が大河と鉄太郎の立ち合いの場を作ってくれた。広い道場なので、稽古中の者たちの邪魔になることはない。

「山岡、試合と思って存分にやるがいい」

両者を取り持った道三郎が、大河と鉄太郎を向かい合わせてから言った。

「はい」

鉄太郎は殊勝にうなずき、大河に会釈をする。自信があるらしく臆する様子はな

い。

「大河、おまえも遠慮はいらぬ。まあ、やってみればわかるだろう」

「承知です」

道場は他の門弟らのかけ声や床を踏む音、竹刀の打ち合わさる音で喧騒としているが、竹刀を構えた大河の耳には何も聞こえてこない。面のなかの鉄太郎の双眸をにらむように見る。

鉄太郎はそれまでの温厚な目と違い、鋭く光らせていた。背は大河より一寸半ほど高いだろうか。鉄太郎が前に出てきた。

互いに青眼の構えだったが、大河は竹刀をわずかに右に移した。左に隙を作った恰好だ。鉄太郎からすれば、左小手を狙いやすい。

鉄太郎は間合いを詰め、床を蹴るなり大河の左小手を打ちに来た。

「とーッ！」

鉄太郎は気合い一閃、小手を打ってきたが、外されながら右前方に体を流して竹刀を返し、大河の面を打ちに来た。

バシッ。大河はその一撃を撥ね返した。同時に足を踏み込みながら胴を抜いた。

「どーッ！」

鉄太郎は胴を決められたが、表情ひとつ変えず元の位置に戻り竹刀を構え直す。

検分役の道三郎は打突が決まったとしても押し黙ったままだ。口の端に小さな笑みを浮かべて、二人の立ち合いを見守っている。

つぎも鉄太郎が先に出てきた。小手から突き、そして面打ちだった。大河はすべてをいなしてかわし、間合いを取って構え直す。受けにまわっているが、それは意図してのことだった。

たしかに鉄太郎の技量は高い。それはよくわかった。しかし、大河は鉄太郎がどう出てくるかを読み切っていた。

上段に竹刀を上げたと同時に、鉄太郎が突きから小手を打ち込み、そして胴を狙ってきた。瞬間、大河の竹刀が鉄太郎の脳天を叩いていた。

バシーッ！　鋭い音が道場内にひびき、鉄太郎の足がよろけた。軽い脳震盪を起こしたらしく、頭を振って元の位置に戻り、深く息を吸って吐き出した。

連続で二本取られた鉄太郎はさすがに顔を上気させていた。肩を大きく動かし、間合いを詰めてくる。大河は遠間からその動きを見ると、今度は摺り足で前に出た。

鉄太郎の剣尖がぴくと動いた瞬間、大河の竹刀が迅雷の速さで動き面を打っていた。

「メーン！」

またもや一本取られた鉄太郎が悔しそうに口を引き結ぶ。

つぎも大河は前に出て、鉄太郎が打とうとした瞬間を押さえ込むように小手を打った。

五番勝負の最後の一本になると、大河は鉄太郎を引き寄せるように先に動き、一切の攻撃を許さず、あっさり小手を打ち取った。

「それまで」

立ち合いを見ていた道三郎が立ち上がって、二人を下がらせた。

一礼をして面を脱いだ鉄太郎は顔面に汗を噴き出していた。呼吸も乱れている。

大河も汗をかいていたが、涼しげな顔で床に座って鉄太郎を見た。

「恐れ入りました。お耳にしてはいましたが、噂以上でした。いまのわたしには手も足も出ません」

完敗した鉄太郎は潔く負けを認めた。

「いや、おぬしの動きはよかった。力もある。つぎにやったら負けるかもしれぬ」

大河は鉄太郎を褒めた。

「ご謙遜(けんそん)を。しかしながら、山本さんの動きが見えませんでした。それに竹刀をあてることもできませんでした」

「竹刀をあてられない稽古を積んでいるのだ。もし、竹刀が真剣なら、技が決まらなくても腕や肩にあたれば怪我をする。きれいに決めるのが道場剣法だが、いざ真剣勝負となれば、指先でも肩口でも先に斬られたら分が悪い。そうは思わぬか?」

「……いかにも」

鉄太郎は感心したようにうなずいた。

四

その夜、山岡鉄太郎は淡路坂の「清河塾」を訪ねた。清河八郎は八月に開塾して門弟を集めていた。鉄太郎は清河の考えに意気投合し、道場での付き合いと同時に、清河の講義を聴くようにもなっていた。

「山本大河殿と……」

鉄太郎から話を聞いた清河は、手許の書籍から顔を上げた。

「一本も取れませんでした。それに山本さんの体に竹刀を触れさせることもできませんで……」

「まことに。さように腕を上げていたか」

「山本さんの考えはこうです。真剣なら指先でも肩口でも先に斬られたほうが分が悪くなる、だから竹刀をあてられない稽古を積んでいるそうです」

「いかにももっともなことだ。そうか、そんなに腕を上げていたとは……」

「それでいかがされました？」

　鉄太郎は一膝（ひざ）詰めて清河をまっすぐ見た。清河は自分の考えに和する門弟を増やす活動を行っていた。

「門弟は少しずつ増えている。今日は有村次左衛門（ありむらじざえもん）と話をした」

「有村と……」

　薩摩（さつま）藩士の有村次左衛門は示現流（じげんりゅう）を身につけている男で、玄武館に入門していた。

「有村も尊皇の志士になることに異論はないようだ。むろん、攘夷（じょうい）派である」

「では、また一人増えましたね」

「いやもっと増えそうだ。今日は牛込（うしごめ）にある試衛館（しえいかん）に行ってきた」

「試衛館……」

「さほど名のある道場ではないが、天然理心流を教えている。師範代をしている嶋（しま）崎（ざき）勇（いさみ）という男がいる」

「嶋崎勇……」

鉄太郎が初めて聞く名だ。のちの新撰組局長の近藤勇のことである。

「なかなか面白い男だ。剣の腕もさりながら、わたしの話によく耳を傾けてくれた。夷狄討つべしと鼻息も荒い。それに和漢の書にも明るい」

「すると清河さんと馬が合いそうなのですね」

「そう思う。それに、そなたは知らぬだろうが、玄武館にいた山南敬助がその道場にいた。これには少し驚いたが、何でも多摩のほうで嶋崎殿に会い意気投合し、そのまま試衛館の食客になっていた」

「山南敬助殿ですか……」

鉄太郎はその名も初めて聞く。

とにかく清河の顔の広さにはいつも驚かされるばかりだ。

「山南もわたしの考えをよくわかってくれた。おそらく山南は嶋崎殿とよく話し、わたしの意見に与するだろう」

「山本大河さんはどうなのです？」

「一度ここで話したことがある。もっとも深い話はしなかったが、つかみ所がないといった感じだ。攘夷には反対しておらぬが、幕府の動きにはあまり関心なさそうであった」

「しかし、山本さんはかなりの腕があります。しかも真剣を使う実戦を考えた鍛錬を積まれている。今日立ち合ってわかったのですが、山本さんが仲間になればかなり頼りになります」

「まあ、焦ることはなかろう。山本とは追々話をしてみる」

清河はゆっくり茶を飲んだ。

家のなかは静かだ。清河にはお蓮（れん）という妻がいるが、座敷に出てくることは滅多にない。

「酒でも飲むか」

湯呑（ゆの）みを置いた清河はそう言って立ち上がると台所へ消えた。

一人になった鉄太郎は部屋のなかを眺める。床の間にはいろんな書籍が積まれている。そのなかには清河が著した「兵鑑」三十巻五冊、「古文集義」一巻一冊が混じっていた。鉄太郎はすでに読ませてもらっており、清河の見識と博学に感服していた。

「まあ、秋の夜長だ。ゆっくりやろう」

清河は酒と肴（さかな）を盛った皿を持って戻ってきた。肴は漬物と醤油（しょうゆ）漬けの鯣（するめ）だった。

「いまも何かお書きになっておられるので……」

鉄太郎はぐい呑みを口に運びながら清河を見る。

「うむ、いくつか書いておる。いずれ体裁を整えて塾生らに配るつもりだ」

「そのときには是非、わたしにも……」

「もちろんだ」

清河はうまそうに酒を口に運び、思い出したように言葉を足した。

「とにもかくにもわたしらには後ろ盾がない。そなたは幕臣であるが、わたしの身分は浪人だ」

「幕臣とおっしゃっても、わたしは形だけ、名ばかりの者です」

鉄太郎は鰯を齧った。

「そうであろうが、やはり身分というのは大きな意味を持つ。されど、わたしは後ろ盾を持たぬまま同志を集め、ゆくゆくは幕府を動かす。いや動かさなければならぬ」

「回天のためには、やはり同志でしょうか……」

「一人二人でできることではない。しかしながら、幕府のやり方を見ているともどかしい。昨年ハリスが下田に着任したら今年になって、あっさり日本とアメリカは下田条約を結んだ。そのハリスが江戸城に登城すると申し出たときには、あってはならぬと一人ヤキモキした。諸国大名家がハリス登城に反対をしても、幕府は受け入れてしまった」

「ハリスの登城は決まったのですか？」

鉄太郎は身を乗り出して清河を見る。

「おそらく……そうなるだろう。幕府がこうも弱腰では攘夷などできぬ。もはや幕府頼みではだめだと言うことだ」

鉄太郎は大きなため息をついて、

「オランダとロシアとも条約の調印をしましたからね」

嘆かわしいと首を振った。

「とにかくいまは一人でも多くの同志を集めることだ。まずはそこからはじめるしかない」

「わたしもそれとなく声がけをしております」

鉄太郎は講武所にも通っているので、そちらで知り合った男たちにそれとなく誘いをかけている。もっとも大っぴらにはできないので、清河八郎の人徳を伝え、日本の危機を理解してもらうための話をしている。

賛同する者もいるが、拒む者もいる。さらに賛同しても、それは上辺だけのことで腹の内まではわからなかった。同志集めは慎重にならざるを得ない。

「山本大河を口説きたいとわたしは思います。腹も据わっておれば、押しも利く男です。なにより剣術の腕は並ではありませんからね」

「わたしも折を見て話をしてみるが、そなたにも頼もう。さ……」

鉄太郎は清河の酌を受けながら、大河の顔を脳裏に浮かべ、

（あの男、剣術家で終わらせるのはもったいない）

そう思うのであった。

五

江戸城の紅葉が美しいと思っていたのも束の間で、江戸は冬を迎えていた。誰もが袷(あわせ)から綿入れや練り絹に替えていた。

木々の枯れ葉も風に吹かれて地面を転げ、空には鉤(かぎ)形になって飛ぶ雁(がん)の群れが見られた。

大河は常と変わることはなかったが、ときどき正木町の家に遊びに来る者がいた。

玄武館の真田範之助と、桶町の柏尾馬之助だ。それに徳次が加わると、座敷で車座になって酒盛りをはじめる。

すっかり家に馴染んだおみつは、酒をつけたり料理を出したりとこまめに動き、徳次の冗談に笑ったり、馬之助や範之助に酌をしたりした。

「さようか。範之助は養子になり名前を変えたのか。されど、おまえは金持ち郷士の生まれであろうに、なぜ家を継がなかった？」

大河は少し酔っていた。自分を慕ってくる者がいると嬉しいのだ。

「おとっつぁんも剣術が好きで、わたしが剣術で身を立てるということには一切異を唱えないんです。そればかりか、江戸に出て修行したいと言えば、おお行って強くなって、大きな道場をおっ立てる男になれと送り出してくれました」

「物わかりのよい親父ではないか」

「まったくありがたいことです」

「おい馬、飲んでおるか」

大河は隣にいる柏尾馬之助の背中をバチンと叩く。いつしか、大河は彼のことを「馬」と呼ぶようになっていた。

「いただいていますよ。それにしても山本さん、人が変わった気がします」

「なに、どう変わったと言う」

「そのなんと申しますか、わたしが知り合った頃の山本さんは、門弟の鑑であり、ひたすら稽古熱心な人に見えました。ちょっと近寄りがたい人でした」

「それで……」

大河は手酌で酒を飲む。もう一升は飲んでいるが、さほど酔ってはいなかった。

「それが、武者修行の旅から帰って見えたら、言葉は悪うございますが、箍が外れて近寄りやすくなりました」

「箍が外れたというのはどういうことだ？」

「武士としての堅苦しさがなくなった気がします。わたしだけがそう感じているのではありませんよ。重太郎先生も同じようなことをおっしゃっています」

「ほう、重太郎先生がさようなことを……」

「いまのほうがいいです」

馬之助はそう言って酒を飲むが、あまり強くないらしく真っ赤な顔をしている。

「そういえば、道三郎さんに言われたことがある」

「何をでしょう？」

馬之助が問えば、徳次も範之助も顔を向けてくる。

「おれのことを真っ先に見抜いたのは道三郎さんだ。おれはそう思うておる。そのおれに、あの人は、おまえは野武士のような男だなと言った。いや、正直、そう言われておれは嬉しかった。おれは野武士でよいのだ。どうせ川越（かわごえ）の田舎から出てきた男だからな」

「わたしも多摩の田舎から出てきた者です」

範之助がそう言うと、どっと笑いが起きた。

「みんな田舎者だ。馬、おまえとて阿波（あわ）の田舎者であったな」

「江戸や大坂（おおさか）以外はみんな田舎ですよ」

「そうだ、ここにいるのはみんな田舎者だ。おみつも房州の出だから田舎の女だ」

話が自分に向けられたおみつは、ちょっと目をまるくして「そうです」とうなずき、

「でも、徳次さんは江戸生まれの江戸育ちですよね」

と、徳次を見る。

「おお、そうか徳次、おまえは江戸っ子であったな。これは相すまぬことを。ささ、徳次お酌をさせてくれ」

大河は陽気になっていた。

「徳次、面白い話はないか。範之助、馬、この男は耳聡くてな。いろんな話を聞き込んでくるんだ。どうだ徳次、何か耳寄りな話はないか？」

「わたしが聞くのはくだらない町のことですよ」

「おお、それで大いに結構。何だ、どんな話がある？」

範之助も聞きたいと膝を詰める。馬之助も興味があるという顔をした。

「ちょいと色っぽい話ですが……」

徳次はそう前置きしてつづけた。

「今年の桜の花が散ってしばらくしたときのことだったと言います。いえ、わたしがその場に居合わせたわけではありませんが、本所松井町で四人の男と女がある晩、同時に情死したのです。その家は吉原の傾城屋・丸亀屋の仮宅でして、女二人はその店の抱え女郎で玉川と雛次と申します。二人の男は日本橋の魚屋の使用人でした。さて、どうやって死んだのか、それは情死ですから、ご想像におまかせしますが、死んだあとが大変です。夏の頃から情死のあった家の近くで、夜な夜な幽霊が出て町内の者を驚かしているそうなのです。うらめしや～うらめしや～と言って……」

徳次は声を低め、両膝で立ち、幽霊の真似をしてみんなを眺める。

「そこで幽霊の正体を暴こうとあらわれたひとりの侍。及原某という侍なのですが、幽霊のあらわれるのを待つために、情死のあった家の近くで見張りにつきました。しかし、一晩二晩三晩、ついには十日たっても幽霊はあらわれない。及原某はただの噂だったのだと見切りをつけて立ち去りましたが、その帰り道に大橋から落ちて、翌朝、死体となって見つかったのです。いまや、誰もが幽霊の祟りだと言って丸亀屋の仮宅には近寄らず、家の戸口には戸板が打ちつけられているそうです。怖いですねえー。幽霊の祟りで命を落とすなんてごめんですねえ」

「けっ、そんな幽霊話なんぞ、誰かが勝手に作ったんだろう。くだらぬ。そうだ馬、おまえは阿波の出だったな。阿波と言えば盆踊りだ。ひとつ踊って見せてくれ」

大河が馬之助に勧めると、馬之助は真っ赤な顔で立ち上がるなり、着物を端折り、いきなり両手をあげ、膝を折って踊りはじめた。

「えらいやっちゃ、えらいやっちゃ、ヨイヨイヨイヨイ……踊る阿呆に見る阿呆、同じ阿呆なら踊らな損々……ヤットサーヤットサー」

いきなりみんなは爆笑した。

馬之助は受けたことに気を良くしたのか、座敷狭しと踊りまわる。

「えらいやっちゃ、えらいやっちゃ、ヨイヨイヨイヨイ……」

大河が腹を抱えて笑えば、徳次は苦しい苦しいと腹を押さえる。範之助も大受けでゲラゲラと大笑いし、おみつは涙を流しながら笑った。

そのことでまた酒が進み、徳次はいつしか酔い潰(つぶ)れてしまった。範之助と馬之助が千鳥足で帰ると、大河は夜具に横になったが、どうにも落ち着かない。カッと目をみはって天井を凝視すると、そっと立ち上がり奥の間で寝ているおみつの部屋に足を向けた。

六

片づけを終えたおみつは、寝間着に着替えているところだった。突然襖(ふすま)を開いた大河を見てギョッと動きを止めた。

「おみつ……」

大河は後ろ手で襖を閉めると、おみつに近づいた。

おみつは寝間着の細帯を締める手を止めて下がった。

「ど、どうされました……」

大河は黙したまま首を振り、おみつの手首をつかんで引き寄せた。

「あっ……」

おみつは小さな声を漏らしたが、大河に唇を重ねられて動かなくなった。

大河はさらに強く抱き寄せ、そっと夜具におみつを倒し、

「いやか？　おれが嫌いか？」

そう問うて、おみつを上から見つめた。行灯の灯りがおみつの白い頬を染めている。おみつは一度生つばを呑み込んでから、首を横に振った。

大河はもう一度おみつの唇を吸い、乱れた寝間着をめくって乳房に手をあてた。太一を亡くしたあともおみつの乳は張っていた。

「旦那さん、徳次さんが……」

おみつが声を漏らした。

「あやつは眠りこけている」

「でも……あ……」

大河はおみつの乳首を吸った。片手を太股にのばす。おみつが膝を曲げて横に倒すが、大河の手はおみつの秘部に近づく。そうしながらおみつの乳首から首筋、そして耳たぶに舌を這わせた。

おみつは小さな愉悦の声を漏らす。嫌がりはしなかった。大河の欲望は留まることを知らない。武者修行中に京でお夕という女とよい仲になったが、おみつはお夕

より若く、そしてつやつやとした肌は餅(もち)のように吸いついてくる。

大河の指がついに秘部をとらえると、おみつはむせび泣くような小さな声を漏らした。両腕を大河の首にまわし、体を寄せてくる。足をからませて、大河の口吸いを求めた。

酔っている大河に理性ははたらかない。おみつは愉悦の声を堪(こら)えているが、それでも声は漏れる。その声が大河の欲情をかき立てた。

「おみつ……」

大河は耳許(みみもと)で囁(ささや)くとおみつに重なった。

行灯の灯りが妖(あや)しげに動く二人の影を壁に映していた。


鳥のさえずりで目を覚ました大河は、ハッとなって天井を見た。横にはおみつがすやすやと寝息を立てて寝ている。枕許には着物が散らかっており、大河もおみつも一糸纏(まと)わぬ姿だった。

雨戸の隙間から射し込む幾本もの光の筋があり、おみつのきれいな肌にあたっていた。薄闇のなかでもおみつの白い肌は美しい。

（おれは……）

大河は天井を凝視した。それからそっと床を抜け出し、着物を拾いあげて身繕いすると、自分の寝間に入った。昨夜の記憶は切れ切れにしか思い出せない。

しかし、おみつと同衾したのはたしかだ。

大河は胡座をかいて「ふう」と、大きく嘆息した。この先はなるようにしかならないと思う。おみつが嫌がって出て行くなら、引き止めることはできない。酒のせいとはいえ、おみつに手を出したことはたしかだ。

大河は以前からおみつに下心を抱いている自分に気づいていた。しかし、手を出すことはないだろう、手を出してはならぬ女だと自分に言い聞かせていた。

大河はもう一度嘆息した。そのとき台所のほうから物音が聞こえてきた。おみつが起きて朝餉の支度にかかったのだ。

大河は着替えをして井戸端で顔を洗い、髭を剃った。そのとき徳次が寝ぼけ眼でやって来た。冴えない青白い顔をしている。

「おはようございます。昨夜はちょいと飲み過ぎました」

徳次は「ああー気持ち悪い」と言って、顔を洗いにかかった。

「今日は道場に行けるのか？」

「はい、今日は店の用はないので行きます」

「ならば、稽古をつけてやる」

大河はそのまま家に戻った。台所にいるおみつと顔を合わせると、

「おはようございます」

と、常と変わらぬ挨拶をし、朝餉はすぐに用意すると言う。

「ああ、頼む」

大河が応じると、おみつは少し照れたように目を伏せ、お玉で味噌汁の鍋を混ぜた。

膳拵えが調うと、大河と徳次は居間に腰を下ろし、おみつの給仕で朝飯にかかった。徳次は味噌汁をすすってから、

「ああ、飲み過ぎたあとの味噌汁は何とも言えない。おみつ、いつになくうまい」

「ご酒が過ぎたせいでしょう」

おみつは首をすくめて微笑む。どこか楽しげである。ただ、黙々と飯を頬張る大河とは目を合わせようとしない。

「お代わりされますか？」

おみつが聞いてきた。大河が頼むと言って飯碗を差し出したとき、一瞬目があった。いやそうな目つきでも顔つきでもなかった。

朝餉を終えて徳次といっしょに家を出た大河は、

「もし、おれがあの家を出て行くことになったら、おまえはどうする？」

と、徳次に顔を向けた。

「へっ、そんなことを考えてらっしゃるんで……」

徳次は目をまるくした。

「もしものことだ。すぐというわけではないが、いつまでもおまえの親父の世話になっているわけにもいかん」

「気にしなくて結構ですよ。おとっつぁんが好きでやってくれているんですから」

「おまえは親に甘えすぎだ」

「へえ、わたしはお武家で言う部屋住みです。おとっつぁんの脛（すね）を齧（かじ）れるだけ齧っておこうと考えてるんです。そのぐらい許されると思うんです」

「大店（おおだな）の倅（せがれ）は気楽でよいな」

道場に入ると、早速稽古にかかった。徳次は昨夜の酒がまだ抜けないらしく、動きが悪い。大河は何度も徳次の竹刀をいなし、

「何だ気の抜けたような打ち込みをしやがって。よし、やめだ。今日は素振りを吐くまでやれ。汗をかけば酒も抜ける」

と、言って他の門弟の指導にあたった。

朝稽古を終えたとき、重太郎が道場にあらわれ、大河に声をかけてきた。

「男谷道場の榊原鍵吉（さかきばらけんきち）という男を知っているか？」

「榊原ですか……聞いたような気はしますが、会ったことはないです」

「先方は一度おぬしに会っているようだ。それにいまは講武所で教授方を務めている男だが、是非にもおぬしと立ち合いたいと申し込まれた。いかがする？」

「講武所で教えているなら、それなりの腕があるのでしょう。試合を望まれれば受けて立ちます」

「よし、では返事をしておく」

七

大河は道場の帰りに徳次に用を言いつけた。お玉ヶ池の玄武館に行って、道三郎に会い、男谷道場の榊原鍵吉のことを知っているなら、聞けるだけのことを聞いてこいと命じたのだ。

「おまえの道具はおれが持って帰る」

大河は徳次の道具を受け取って道場のそばで別れ、正木町の家に帰った。おみつがすぐに濯(すす)ぎを運んできたので、

「おみつ、変わりはないか？」

と、問うた。

「はい、変わりありません」

おみつは顔を上げて大河を見た。

「昨夜、おれは……」

「言わないでください」

おみつは大河の言葉を遮り、少し間を置いて言葉を足した。

「いつかああなると思っていたのです」

大河は片眉(まゆ)を動かした。

「わたし、昨夜は嬉(うれ)しゅうございました」

「まことに……」

大河が目をみはっておみつを見ると、

「わたし、旦那(だんな)さんのことが好きになったんです」

と、言ってうつむき、さらに言葉を足した。

「わたしを捨てないでください」

「おみつ……」

おみつは大河をまっすぐ見て「ほんとうです」と、小さく微笑む。

「そうか、そうであったか。おれも……」

「何でしょう？」

「おまえをいつしか好きになっていたようだ」

「だったら大事にしてください」

大河はゆっくり手を差し伸べると、おみつの肩に手をやり抱き寄せた。

「わかった。よくわかった。だが、徳次にはこのことしばらく内密にしておきたい。よいか」

「わかりました」

「うむ」

気がかりなことはそれで雲散霧消した。しかし、徳次にどう話をするか考えなければならない。

その徳次が帰ってきたのは、日が暮れて間もなくしてからだった。

「道三郎先生は榊原鍵吉という方のことを存じておいでした。それに山本さんは一度会っているはずだとおっしゃいました」

「おれがか……」

大河は思い出せない。

「以前、狸穴の道場で高柳又四郎さんと試合をやられたでしょう。そのときに居合わせていた人だということです」

高柳又四郎との試合は忘れもしない。勝ちを得たが、また大河にとってその後の修行に大いに為になった一戦だった。

「どういう得意技があるのかわからないらしいですが、いまや男谷道場で榊原さんの右に出る者はいないということでした」

「すると手応えのある相手ということだな」

「道三郎先生はもし体が空くなら、供をしたいとおっしゃいました」

「それはかまわんが、まだ日取りが決まっておらんからな。そうか、榊原鍵吉か……

……これは楽しみだ」

大河がそう言ったとき、玄関に訪いの声があった。すぐに応対に出たおみつが、座敷にやって来た。

「旦那さん、清河様とおっしゃる方がお見えです」

「なに、清河さんが。すぐにお通ししろ」

清河八郎はゆっくり座敷に入ってくると、軽く会釈をして大河の前に座った。

「先日はわざわざご足労いただき失礼いたした。近所まで来て、突然の訪いは失礼と思いながら桶町の者に聞いてまいりました」

「なに、気にすることはありませんよ。客の来る家は栄えると申します」

大河は気さくに笑う。

おみつの運んできた茶を飲みながら、しばらく他愛もない雑談をした。

「山岡と試合をされたそうですね」

「ええ」

「山岡は感服しておりました。山本さんにはかなわぬと」

「いえ、山岡はなかなかやりますから、手こずりましたよ。勝ちを得たのはたまたまでしょう。つぎにやったらどうなるかわかりません。それより耳にしましたが、清河さんは塾を開かれたらしいですね。どんなことを教えてらっしゃるので……」

その噂は夏の頃から聞いていたので気になっていた。

「経学や文書指南が主です。わかりやすく申せば文を以て義を説き、義を以て文を述べるといったことです」

大河にはぴんと来なかった。

「それより、ハリスが将軍に謁見したのはご存じですか？」

「たしか先日、江戸城に登ったと聞きました」

「どう思われます？」

山岡は怜悧な眼差しを向けてくる。

「由々しきことでしょう。水戸家もそれについては、強くお上に意見したと聞きました」

下田に駐留しているアメリカ総領事のハリスが、江戸城にて将軍家定に謁見したのは、十月二十一日のことだ。その折、ハリスは家定にアメリカ大統領の親書をわたしていた。

「異国は徐々に我が国に入り込んでいます。ハリスの江戸城登城は、それだけ幕府が弱腰になっているとしか言えません」

「そうでしょう。お上もだらしない」

大河はあまりこういう話が好きでないから、話題を変えるために言葉を足した。

「せっかく見えてくださったので、一献傾けますか？」

「いいえ、まだ行かなければならぬところがあるので、つぎは是非とも。山本さん、またゆっくり話をしましょう」

「喜んで」

それからすぐに清河は帰っていった。

「学のある人は考えることが、どうも違うようだ。おみつ、酒をつけてくれ」

清河を見送ったあとで、大河は台所にいるおみつに声をかけた。

「わたしは今夜は遠慮しておきます」

徳次が情けない顔で言う。

大河はその夜、おみつのこととつぎの試合相手である榊原鍵吉のことを考えた。

第四章　挑戦者

一

男谷道場の榊原鍵吉との試合は、半月後に行われることが決まった。

場所は桶町千葉道場である。

そのことを大河が重太郎に告げられたのは、四日後のことだった。

「榊原はいま江戸で一番強いのは、大河、おぬしではないかと言っている。仏生寺弥助と立ち合ったことも知っていた。おそらくおぬしのことをいろいろ調べているのだろう。きっと工夫を凝らしてくるはずだ。油断はできぬぞ」

「油断はしませんが、存分に相手をするだけです」

大河は試合を望まれれば、いつでも受けて立つという心構えがあった。強い相手と一戦交えたい。その思いが人一倍強い。

塾頭としての門弟の指導の傍ら、自己鍛錬も怠らない大河であるが、このところ玄武館の門弟なのに、しばしば桶町道場に通ってくる男がいた。

真田範之助である。歳は同じだが、範之助は「山本さん、山本さん」と慕ってくる。まるで弟分のような男だった。

範之助は天然理心流を修めているが、剣術一辺倒ではなく、柔術と杖術をも習得していた。剣術では大河は負けないが、柔術や杖術となると勝手が違う。

大河は範之助が道場にやってくると、竹刀を持たずに柔術を指南してもらった。まずは受け身からはじまり、足払い、腰払い、背負い投げ、一本投げなどである。

「山本さんは、覚えが早い。教えるとすぐ自分のものにされる」

教える範之助は舌を巻く。

「追従を言うな」

「いえ、ほんとうですよ。それに力があるから本気で柔術をなされば、あっという間に腕を上げられるでしょう」

「まあよい。今日はちょいとおまえに立ち合ってもらう人がいる」

「へ、誰でしょう？」

大河は母屋に通じる出入り口のほうを見た。まだ、あらわれない。範之助と立ち合わせたいのは、重太郎の妹・佐那（さな）だった。

しばらくしてその佐那が四尺ほどの木刀を持ってあらわれた。大河に気がつくと、ふっと口許（くちもと）に笑みを浮かべて見所の脇に腰を下ろした。

「あの人とやってもらう」

大河は佐那を見て範之助に言った。

「え、あのきれいな人と……わたしがですか……」

範之助は目をまるくする。

「定吉先生のお嬢さんだ。つまり、重太郎先生の妹だ。女だからと言って甘く見るな。小太刀の腕もさることながら、長刀（なぎなた）術の腕は並ではない。伊達（だて）家にて剣術師範をやり、先日は伊達の殿様を負かしている」

「ひゃあ、そりゃすごい」

範之助は目をぱちくりさせて支度をしている佐那を眺め、再度きれいな人ですねと、うっとりした顔になる。

大河も初めて佐那に会ったとき、胸をときめかせ、ひそかに思いを寄せたことがある。しかし自分には高嶺（たかね）の花だとわかっていたからあっさりあきらめたのだが、あろうことか遅れて土佐からやって来た坂本龍馬と何やらいい仲になっている。

それを知ったときには「龍馬め」と、嫉妬心を燃やしたが、いまは何の感情もなかった。

道場の娘で、実質の師範である重太郎の妹だ。

ひそかな恋心を捨てると、なぜか佐那に接しやすくなり、また佐那も以前にも増して気安く声をかけてくるようになった。

「大河殿」

佐那が声をかけてきたので、大河は近くまで行った。

「相手はどなたです?」

「あそこにいる男です。真田範之助と言います。範之助」

大河が呼ぶと、範之助がすぐそばにやって来た。

「初めまして真田範之助と申します。今日はよろしくお願いいたします」

「お玉ヶ池にいらっしゃるのね」

「はい、山本さんの腕に惚れ込んでときどきこちらにお邪魔させてもらっています」

範之助は少し硬い表情になっていた。

「杖術をなさるのですね」

「はい」

「では、早速はじめましょうか」

佐那はすっくと立ち上がった。稽古着に襷をかけた袴姿だ。手には長さ四尺ほどの木刀を持つ。長刀の長さには決まりはなく、三尺から五尺以上とまちまちである。古来長刀術は婦女が身につけることが多いが、この頃には男も習うようになっていた。

恋仲になっているのかどうか、大河の与り知らぬところだが、龍馬も長刀術を佐那に指南されていた。

範之助は白樫でできた四尺ほどの杖を持って、佐那の前に立ち一礼をすると、さっと構えた。

この立ち合いは大河が仕組んだもので、一度範之助の杖術の腕を見るためだった。先に間合いを詰めたのは佐那だった。道具をつけていないので寸止めの約束である。

佐那の整った顔にある瞳が鋭く光る。くっと結んだ唇から、すうと息を吐くなり、仕掛けていった。床を蹴った瞬間、佐那の長刀がまっすぐ伸びる。

範之助は半尺下がって払い、突きを見舞う。佐那がそれを押さえ込んで、すぐに斬り上げるように振る。薙ぎ払われてさっと下がり、構え直す。

今度は先に範之助が前に出て、突き突きと連続で仕掛けた。佐那は打ち払いながらかわし、範之助の棒を押さえると即座に小手を打った。

だが、数瞬の差で範之助に小手を打たれていた。

端整な百合の花のような佐那の顔がハッとなった。気を取り直し、また青眼に構え、それから脇構えに木刀を移す。範之助は摺り足で間合いを詰める。そこへ佐那の一撃が面を狙って打ち込まれた。

範之助は搦めるように受けて下がると、即座に突きを送り込んだ。その刹那、佐那はやわらかく体をひねりながら、範之助の喉元に木刀の切っ先をつけていた。

「まいりました」

範之助は下がって一礼し、もう一度まいりましたと繰り返した。

「いかがされました。もっとやりましょう」

佐那は請うたが、範之助はかぶりを振って、

「腕前恐れ入りました。もう十分です」

と、引き下がった。

佐那は大河を見て首をすくめ、範之助に顔を戻して、

「またお相手いただきたいので、こちらに見えたら声をかけてください」

と言った。

思いがけない言葉だったらしく、範之助は顔を赤くして照れ、

「喜んでお願いいたします」

と、とろけたような笑みを浮かべた。

大河はその日の稽古(けいこ)を終えたあとで、範之助に言った。

「杖術(じょうじゅつ)をおまえに教わろうと考えていたが、柔術だけでよい。あれもこれもとやれば、剣術がおろそかになりそうだ」

「おっしゃることはわかります。それより近々、男谷道場の榊原さんと試合をされるそうですね」

「誰から聞いた？」

大河は範之助の顔を見た。

「山岡さんです。榊原さんも講武所で教授方をやっておられるので、山岡さんに話されたんでしょう」

大河は山岡鉄太郎が講武所の世話役だったというのを思いだした。

「そういうことか」

「榊原さんは男谷道場の傑物らしいです」

「ほう、そうだったか……」

大河は榊原鍵吉との試合がますます楽しみになった。

二

大河とおみつは日を追うごとに親密の度合いを深くしていた。

徳次が家にいないと、大河はそっとおみつの後ろから抱きつき、口を吸った。背後からまわした手でおみつの豊かな乳房を触り、そのまま寝間に連れて行き睦み合うこともあった。

おみつは嫌がらなかった。大河は厳しい鍛錬を自分に課しているが、若さ故か精力を持て余している。一度おみつの味を知った大河に、抑制は効かなかった。

しかし、いつまでも同じ屋根の下に住む徳次に、二人の仲を秘密にしておくわけにはいかない。

ある日の夕餉の席で、大河はそのことを告白することにした。

「徳次、折り入って相談がある」

「へえ、なんでしょう」

徳次は素っ頓狂な顔を向けてくる。

「じつはおれと、そのおみつだが……」

「へえ、どうなさいました？」

大河はエヘンと、ひとつ咳払いをして思いきった。

「おれとおみつはよい仲になった」

「へっ……」

徳次は目をまるくする。そばにいるおみつはうつむいた。

「つまり、男と女の仲になったということだ。ついては相談がある」

「あ、いえ、相談……ひゃあ、いつの間に……」

徳次は戸惑い顔を大河とおみつに向ける。

「この家はおまえのおとっつぁんに借りてもらっているが、こうなった以上、おまえの親に甘えているわけにはいかんだろう」

「はぁ、まあ……」

「そこで家移りをしようと考えておる。つまり、おれとおみつは引っ越しをするということだ」

このことはおみつも知らないので、驚いた顔をした。

「いつです。どこへ家移りされるんです？」

「まだ何も決めておらん。ただ、おまえにはちゃんと話をしておかなきゃならんだろう」

大河はぐい呑みの酒に口をつけた。

「それで相談というのは……」

「おまえを置いてここを出て行くということだ」

「突然すぎますよ。それに、この家は山本さんがいるから、おとっつぁんが借りてくれたようなものです。引っ越しされたら、わたしは家に戻されます。それは勘弁です。あんな息苦しい家にはいたくないんです」

「それじゃどうすればいい？」

「どうすればいいって……」

徳次は困ったなぁと、畳に「の」の字を書く。大河はおみつと顔を見合わせて、何やら考えている徳次に視線を戻した。

「あのぉ……」

「なんだ？」

「山本さんとおみつがいい仲になったのは、わたしはいいことだと思います。それに、引っ越しする必要はないと思います」

「…………」

「これまでどおりではいけませんか……」

徳次は大河とおみつを交互に見る。

「二人の邪魔はいたしません。わたしは山本さんのそばにいたいし、もっと剣術を教えてもらいたいし、家にも帰りたくないし……それでも、困るとおっしゃるなら仕方ないですが、このままではだめですか？」

「だめということはないが、おまえはおれたちといっしょに住んでもかまわないのか」

「二人の邪魔はしませんから……」

「徳次さんがそうおっしゃるなら、わたしもそれでいいと思います」

おみつが口を挟んだ。大河が顔を向けると、さらに言葉を足した。

「わたしは徳次さんを邪魔だと思いはしません。徳次さんがかまわなければ、家移りしなくてもいいと思います。それに、わたしはこれまでと変わりなく、お二人のお世話をさせてもらいたいのです」

大河はおみつを見てから徳次に言った。

「おまえ、ほんとうにいいのか？」

「わたしはいいです。ここにいてくださるなら、わたしを使用人だと思っていただければよいのです」

徳次は大真面目な顔で言う。

「使用人だとは思わないさ。だが、おまえがそう言ってくれると気が楽になる。ならば、家移りはやめだ。当分はここにいよう」

大河がそう言うと、徳次は安堵した顔になった。

「相談はもうひとつある」

「今度は何でしょう？」

徳次は大河に真顔を向ける。

「武者修行に出る。年が明けたらの話だが、そのときついてきてくれぬか」

「来年行くんですね。もちろん、喜んでお供します。それで今度はどちらへ？」

「房州をまわりたい。まあ、二、三ヶ月の旅だと思うが、おまえが供をしてくれるなら助かる」

「助かるもなにも、わたしは武者修行の旅がどんなものか知りたいんです。そうですか、いやこれは楽しみになりました」

「だが、このこと道場にはまだ話していないので、しばらくは他言無用だ」

「へえ、畏まりました」

三

その日、榊原鍵吉は桶町千葉道場に一人であらわれた。

榊原と同門の者たちは、彼のことを「男谷道場の傑物」と評していると、大河はその日までに耳にしていた。しかし、どんな技を使い、いかほどの腕があるかは不明だった。

そうは言っても男谷道場の傑物であるからには、それなりの腕がなければならないし、講武所の教授方にもつけないはずだ。

「男谷道場の榊原鍵吉と申します」

道場玄関で名乗った榊原は落ち着いていた。すでに支度を終えていた大河は重太郎と、榊原に目を向けた。

色の黒い馬面だ。それだけ顔の長い男だった。重太郎が近くへ行って言葉を交わすと、すぐに榊原は大河のそばへやって来た。

「しばらくです」

榊原はそう言った。

「いや、あの節は……」

大河はそう言って誤魔化した。やはり覚えがない。

「講武所に通っていらっしゃるそうですね」

大河が話しかけると、

「わたしごとき男を取り立てていただくのは恥ずかしいのですが、断ることもできませんで……」

榊原は仕方なく教授方を受けたという口ぶりだ。

「男谷先生はお達者でしょうか？」

重太郎が榊原に問うた。

「変わりなく講武所で汗を流しておられます」

榊原の師である男谷精一郎は、徒頭（かちがしら）から講武所頭取並になり剣術師範役を兼務していた。

「それはなにより。それで何故、山本と試合を望まれる？」

これは大河も気になることだった。

「一度山本さんは狸穴の道場に見えています。そのとき、高柳先生と試合をされました。あのとき、わたしは検分役をやっておりました。勝敗はご存じでしょうが、わたしはいずれ山本殿と一度お手合わせ願いたいと思ったのです」

榊原がそう言ったので、大河はあの試合の検分役だったかと気づいたが、あまり印象がなく記憶も曖昧だった。

「では、早速にもはじめますか。榊原さん支度を」

重太郎に言われた榊原は見所に向かって右側の板壁のそばに下がり、袴を端折り襷をかけた。道場の門弟に道具をわたされると、ゆっくり身につけ、竹刀袋から竹刀を取り出した。

すでに身支度を終えていた大河はその様子をじっと眺めていた。居住まいや小さな所作で、少なからず相手のことを知ることができる。榊原は落ち着いていた。まわりの視線など気にせず、たんたんと支度を終えて立ち上がった。

「勝負は五番。では、はじめッ」

重太郎の声で二人は一礼ののち、竹刀を構えた。

榊原は色の黒い馬面で温厚そうな顔をしている。狷介な闘争心を持ち合わせているとは思えなかった。

しかし、竹刀を構えたとたん、目つきが変わった。背丈は大河より低いが、静かな気迫を身に纏ったいまは、体がひとまわり大きく見えた。

「やーッ！」

大河が気合いを発した。榊原がすぐに気合いを被せてくる。

「やあーッ！」

道場にひびく胴間声だった。

（この男、噂どおりできる）

大河は内心で警戒した。構えに隙がなく、安易に間合いを詰められない空気を身に纏っている。それでも大河は前に出た。榊原も出てきた。徐々に間が詰まる。

門弟らは稽古をやめて見学にまわったらしく、道場内はしーんと静まっていた。

ツン、ツンツンと竹刀の切っ先が触れ合った瞬間、大河の竹刀が一直線に伸びた。

「たァーッ！」

小手が見事に決まった。榊原は表情ひとつ変えず下がって構え直す。

大河は一本目をあっさり取ったが、二本目は容易ではなかった。榊原が一本目とはまったく違う動きで攻め立ててきたのだ。

小手小手、面。面、小手。小手、胴……。

技を繰り出すたびに床を蹴(け)る音、竹刀のぶつかり合う音、低くくぐもった気合いが交錯した。大河は榊原の攻撃をすべて防いだ。左にいなし、右に払い落とし、正面で受けて押し倒すように下がらせた。

榊原の形相が変わっていた。無理もない。有効打を放てず、すべてかわされたからだ。

大河は気にせず榊原の隙を狙って左へまわる。これは東から上り西に沈む、日月の動きである。榊原はその動きに合わせて竹刀を動かし、構えを変えようとした瞬間、大河の一撃が小手を打ち、面を打っていた。二本目も大河の勝ちだ。

大河は一番も落とさないという気概に満ちた目で、榊原と対峙(たいじ)する。少し呼吸が乱れてきたので、遠間に離れて息を吸って吐き、臍下(せいか)に力を入れ直す。

静かに前に出ながら、竹刀を持つ手と肩にゆとりを持たせる。すすっと前に出ると、榊原が打って出ようとした瞬間を狙って、小手を打って取った。

四番目も大河が勝った。残すは一番だが、負け越している榊原に焦りは見えない。道場の武者窓から射し込む光が床板を光らせている。表からのんびりした魚屋の売り声が聞こえてくる。

しかし、道場内はピリピリとした緊張感に包まれていた。

榊原がトンと床を蹴り、竹刀を突き出してきた。大河はかわして素早く引いた竹刀で榊原の面を打ちにいった。外された。そこへ、榊原の左片手一本突きが俊敏に伸びてきた。

（あッ……）

大河は内心で声を発したが、かろうじてかわした。だが、体勢が崩れ片膝を床についてしまった。立ち上がろうとしたところへ、大上段に振りかぶられた竹刀が打ち込まれてくる。それは一瞬の差だった。

バシッと音が重なった。大河は胴を抜いていたが、榊原は大河の横面を打っていた。

重太郎は大河の胴抜きが早かったのを見て、大河の勝ちとした。

「まいりました。山本さんの動きは読めません。それに打突が強くて速い。立ち合って初めてわかりました」

榊原は脱帽したと言わんばかりだった。

「いえ、榊原さんには恐れ入りました。さすが男谷道場の傑物と呼ばれる人だと思いました」

大河は謙遜するが、五本目に横面を打たれたのが気に入らなかった。実戦だったら相打ちだ。それではよくない。

短い雑談ののち榊原は帰っていったが、

「五本目が納得いきません。まだまだ修行が足りない証拠です」

大河は悔しそうな顔を重太郎に向けた。

四

「旦那さんは強いのですね」

徳次から話を聞いたおみつは、大河に惚れ直したような目を向ける。

「いまや千葉道場で山本さんに勝てる人はいない。おそらくそうだ。だからわたしは山本さんの弟子になっているんだよ」

徳次はうまそうに酒を飲みながらおみつに話す。榊原と対戦した夜のことだった。

「おい徳次、おれはおまえを弟子だと思っとらん。余計なことを言うな。おまえの師匠はあくまでも重太郎先生だ」

大河は杯に口をつける。肴は根菜の煮物とかます焼き、それから漬物。

「まあ、そうでしょうが、山本さんを師匠と呼ぶのはわたしの勝手でしょうが」

徳次の言葉におみつがくすくすと笑う。すっかりおみつは正木町の家に馴染み、近所のおかみ連中とも付き合うようになっていた。

「だが、榊原鍵吉の五本目には冷や汗をかいた」

「へえ、そうなんですか。山本さんは余裕で勝ったではありませんか？」

「だからおまえはまだ修行が足りんのだ。榊原の左片手一本突きを危うく食らいそうになったんだ。かわすのが精いっぱいだった。あの突きはなかなかできるものじゃない。おまえも何か得意技を身につけることだ」

「得意技ですか……」

徳次はぼんやりした顔を天井に向ける。

「自分で何か考えろ。おみつ、酒はもういい。飯をくれるか」

大河はそう言って酒を飲みほした。

気になる話を聞いたのは、それから二日ほどたってからだった。その日、徳次は店の手伝いで道場稽古にも出ず、正木町の家に帰ってきたのは、日が暮れたあとだった。

大河が湯屋から帰ってくつろいでいると、徳次がその日耳にしたことをあれこれ話す。いつもの噂話で大河は聞き流すのが常だが、

「将軍様に会ったハリスという領事が襲われたらしいです」

と、言ったときには、顔を徳次に振り向けた。

「襲われたって、誰が襲ったんだ？」

「さあ、それは聞いていませんが、命を狙われたらしいです。まあ、攘夷だ攘夷だと言う鼻息の荒い侍の仕業でしょう。捕まれば死罪になるというのに……」

「ハリスは殺されたのか？」

「さあどうでしょう。襲われたと聞いただけですが、わたしは殺されたんじゃないかと思うんですけどね」

大河は清河八郎の顔を思い出した。先日この家に来たとき、清河はハリスが江戸城で将軍に謁見したことに快くない顔をしていた。それに清河は常に幕府の動きに関心を持ち、異国との交渉事にも神経を尖らせている節がある。

（まさか……）

大河は清河がハリスを襲ったのではないかと考えた。普段は温厚だが、胸のうちには回天の先駆けとなるという熱情を秘めている。

「どうされました？」

おみつが怪訝な顔をして飯碗を差し出した。

「いや、なんでもない」

大河はそう答えはしたが、どうにも気になった。

翌日の昼下がりに道場を出た大河は、そのまま淡路坂の清河の家へ向かった。

丁度その頃、清河は山岡鉄太郎の訪問を受けており、思いもしないことを聞いた。

「なに、ハリスを襲った者を知っていると……」

清河は驚き顔を鉄太郎に向けた。

「大きな声では言えませんが、ハリスを襲ったのは三人です。いま逃げていますが、そのままにすべきか、自訴を促すべきか考えなければなりません。わたしが口を挟むことではありませんが、どうにも気になりまして……」

鉄太郎は家人を気にするように声をひそめて話した。

「そのことどうやって知った？」

「玄武館には水戸家の者が多ございます。そのなかの一人からです。ハリスを襲ったのは、いずれも藩士ではありませんが……」

清河はうなるように声を漏らし、腕を組んだ。玄武館は水戸家に重宝されている。いまは亡き千葉周作が水戸家に抱えられると、嗣子とその弟たちも水戸家に取り立てられ恩恵を受けている。

いま下手に動けば玄武館に迷惑をかけることになる。

「襲った三人を知っているというのは誰だね？」

「大関（おおぜき）という者です。その大関が匿（かくま）っているわけではないようですが……」

「どういうことだ？」

清河は眉宇（びう）をひそめて鉄太郎を眺める。

「大関の上にはまた別の人がいるということでしょう」

「貴公が知っている人かね」

鉄太郎は首を横に振って、言葉を足した。

「このことを知ってしまった以上、黙っているわけにはまいらぬと思い、相談にやって来た次第なのですが……」

「ハリスを襲った男たちのことも聞いているのか？」

「名前はわかっています。襲った三人は水戸の郷士です」

「郷士といえど、水戸家に深い関わりのある者だ。水戸家は攘夷派であるから、その三人も水戸家と心を同じくしているのだろう。しかし、それはどうしたものかね」

「大関に会って話をしたほうがよいでしょうか？」

「まあ、待ってくれ。いまは下手に動かぬほうがよいだろう。かといって放ってはおけぬこと。さて、どうしたものか」

清河は組んでいた腕を解いて茶を飲んだ。

そのとき、若い塾生が座敷にやって来た。

「先生、山本大河という方が見えましたが、いかがいたしましょう」

告げられた清河は思わず鉄太郎と顔を見合わせ、

「通してくれ」

と、応じた。

五

「やあ、山岡もいたか」

大河は座敷に入るなり、鉄太郎を見て腰を下ろし、清河に挨拶(あいさつ)をした。

「先日は突然お邪魔いたしました」

「こちらこそ、急な訪(おとな)いで失礼します。ひょっとしてお邪魔だったのでは……」

大河は清河と鉄太郎を交互に眺めた。

「そんなことはありません。今日はいかがされました？」

清河は膝を動かして大河に体を向けた。

「ちょっと気になることがあり、伺ったのですが……ご存じですか？」

「なんでしょう……」

清河は怪訝そうな顔をした。

「江戸城に入り将軍に親書をわたしたハリスという異人のことです。襲われたと聞いたのです。わたしの与り知らぬことですが、先日清河さんはハリスのことを口にされた。それで、もしやと思い……」

清河は少し驚き顔をしたが、口許をゆっくりゆるめ、短く苦笑した。

「山本さん、心配していらっしゃいましたか。わたしがハリスを襲ったと思われた」

「違いますね」

「まさか、さような無茶なことはしませんよ」

余裕の体で言う清河を見て、大河はほっと胸を撫で下ろした。

「ならばよかった。いえ、妙な胸騒ぎを覚え、じっとしておれなくなったんです。わたしの早とちりでした」

「いえいえ、気にかけていただきありがとう存じます。せっかく見えたので、酒でも一献いかがです？」

「喜んで」

大河が素直に応諾すると、清河は塾生を呼んで酒の支度を言いつけた。

「それにしても、ずいぶん本がありますね。これ、みんな読まれたのですか？」

大河は部屋のなかに所狭しと積んである本の山を眺めて聞いた。

「大方読んでいます」

「清河さんは自分でも本をお書きになっておられるんです」

鉄太郎がそう言って、手を伸ばし一冊の本を手にした。

「これもそうです」

大河は受け取って眺めた。「兵鑑」と題してあった。ぱらぱらとめくって目を通したが、まったく興味のわかない代物だ。

「学のある方は違う。おれみたいなぼんくらには難しいわ」

半ば感心しながら「兵鑑」を、鉄太郎に返した。

「学問には興味はありませんか？」

清河が聞いてきた。

「学問もやらねばならんでしょうが、わたしは剣の道を究めなければならない。そうは言っても、他にやるべきことがあります」

「それは……」

清河が問うたときに酒肴が運ばれてきたので、三人は丸火鉢を囲むように座り直した。

まずは互いに杯を傾けあってから、清河が再び問うた。

「他にやるべきこととはなんでしょう？」

「武者修行の旅で教えられたことです。まずは心を磨くことです。そう言っても、これが難しい。わたしは煩悩が強い。心を磨くというのはどういうことだと、常々考えますがなかなか名案が浮かばない。ある人に禅をやれと言われましたが、その暇がない。さりながらうなずける言葉はあります」

「何でしょう？」

「剣は心なり、ということです。まあ、これも教えられたことですが、なるほどそうであろうと、この頃思うようになりました」

「感心ですな」

清河は理知的な顔をわずかにゆるめて言う。

「剣術馬鹿ですから」

大河は自嘲の笑いを漏らして酒をあおり、あらためて目の前にいる清河と鉄太郎を眺めた。大河は六尺には満たないが、大柄だ。そして鉄太郎は六尺を超える大男で、清河も六尺ばかりある。大男が三人、本が山のように積んである座敷で酒を酌み交わしている図が面白い。

「山岡、じつはおれは千葉道場に入って間もない頃、清河さんに相手をしてもらったことがあるんだ」

「さようでしたか」

鉄太郎は浅黒い顔を向けて初耳だと言った。

「まったくかなわなかった。いつか清河さんを負かそうと思っていたが、郷里に帰られてしまってその思いは叶わなかった」

「山本さん、もうわたしはあなたの足許にも及びませんよ。山岡も舌を巻いておりました。千葉道場で、いまもっとも強いのは山本さんに違いないだろうと……」

「そんなことはないです。勝負には運もありますから」

「榊原さんにも勝ったと聞きましたよ。さすが山本さんだと思いました」

鉄太郎だった。同じ講武所に通っているから耳にしたのだろう。

「あれも運がよかったまでだ」

大河は余裕の笑みを見せて酒を飲む。おだてられて悪い気はしないが、この世の中には必ず自分より強い者がいると考えている。いまはそんな相手に会いたかった。

「さきほど禅のことを口にされましたが、わたしは少しやっております」

大河は鉄太郎を眺めた。

「どこでどうやったら、その禅を教わることができる？」

「禅寺で座禅を組むのが手はじめでしょうが、奥が深いです。知れば知るほど、自分の至らなさがわかってきます」

大河はまじまじと鉄太郎を見て、どこか適当な寺はないかと聞いた。

「あえてあげますれば品川（しながわ）の東海寺（とうかいじ）、高輪（たかなわ）の東禅寺（とうぜんじ）、そして芝（しば）の金地院（こんちいん）でしょうか」

大河はその寺を頭に刻みつけた。

「一度訪ねてみよう」

「きっとよい閃（ひらめ）きが生まれるかもしれません」

大河はひやかし半分で鉄太郎から教わった寺に行ってみようと思った。

「ハリスが襲われた件ですが、山本さんはどこでお知りになりました？」

清河が話を元に戻した。

「道場の門弟から聞いたのです。そうそう、ハリスは殺されたんですか？」

「殺されかけたと聞きました」

大河は眉宇をひそめた。清河は事件のことを知っている。何か関わりがあるのではないかと思った。

「襲ったのはどこの何者です?」

聞いたとたん、鉄太郎がうつむいたのを大河は見逃さなかった。それは剣の目であった。

「山岡、おぬし知っておるんだな。教えろ」

「いえ、わたしは何の関わりもございません」

「関わりがなくても何か知っておるんだろう。教えろ。それとも他言できぬことなのか?」

鉄太郎は口を引き結んで視線をそらした。

「山本さん、ハリスを襲ったのは水戸の郷士です」

清河がさらりと言った。

「襲ったのは三人。その三人のこともわかっています」

「清河さんはやはり知っていたのですね。それでどうするんです? ハリスは攘夷の敵でしょうが、幕府の許しを得て下田に在留している領事。それに将軍家と繋がりを持ったばかりでしょう。露見すれば無事にはすまされませんよ」

清河は、まあまあと手を上げて、

「早まらないでください。わたしとは何の関わりもありません。その一件を知っているのは山岡です。さっきその相談をしていたのです」

鉄太郎が慌てたように顔を上げた。

「山岡、山本さんは漏らしはせぬよ。話してやりたまえ」

清河に言われた鉄太郎はしばしば戸惑い躊躇(ためら)ったが、あきらめた顔になって知っていることを話した。

「すると、大関がハリスを襲った者たちを匿(かくま)っているのか。それはまずいな。そうなると道場に迷惑がかかるのではないか……」

話を聞いた大河は難しい顔になった。

「大関が匿っているのではないはずです」

「つまり、逃げているということか……。いかんな、いかんことだ」

「山本さんはいかように考えられます？」

清河に問われた大河は、短く考えて答えた。

「自訴させるべきです」

ハリスを襲ったのは、水戸藩の郷士で堀江芳之助、蓮田東蔵、信田仁十郎の三人だった。

六

十一月二十七日に自訴し、獄に入れられた。

自訴は大河の考えが反映されたものなのか、山岡鉄太郎に説得されてのことなのか、あるいは本人たちの意志で決めたことなのかはわからなかった。

大河がそのことを知ったのは、やはり徳次から聞かされてのことだった。

「おまえは耳聡い男だな。何でも聞いてくる」

大河はあきれたように感心するが、

「わたしにその気がなくても、どうしても耳に入ってきてしまうんです」

徳次はひょいと首をすくめる。

江戸は師走を迎えていた。雪がちらつき、遠くに見える富士はすっかり雪化粧を施していた。

大河の暮らしはいつもと変わらなかったが、幕府は揺れ動いていた。まずは将軍継嗣問題である。これは病弱な家定が幕政を司ることができず、また子をもうけられないからだった。

幕閣は一橋慶喜を押し立てようとする一橋派と、紀州藩主の松平慶福を推す紀州派が対立し、水面下で両派の工作が行われていた。

だからといって庶民はそんなことなど知らず、いかに年を越すか、来年はもっとよい暮らしをしたいなどと、身近なことにしか興味がない。つまり、お上がどう変わろうが、自分たちの暮らしが大きく変わるわけはない、と考えているからだ。

庶民とはそんなものであろうし、大河も同じであった。幕臣でもない、大名家に仕える家臣でもない、いわゆる浪人身分だ。

そんな男が一人気持ちを滾らせて騒いでも、何の役にも立たないのは自明の理である。

それでも、清河に会うと、

「幕府はまとまりをなくし、歩むべき道からそれている」

「欧米諸国との力の差をなくすための方策を考えるのは、憂国の志士である」

「この国のために立ち上がることができるのは、志を同じくした武士であり、町人であり、百姓である。いや、目の開いた者なら身分など関係ない」

などと熱を込めて話す。

聞かされる大河は興醒めである。そんな大河に気づいているのか、

「山本さん、無理はなさらずに。わたしの話はつまらないでしょう」

と、理解を示しながらも、

「あなたは傑物だ。いざという場合は力になってもらえませんか。あなたが同志となってくれるなら百人力なのです」

と、くすぐったいことを言うから、大河はあっさり拒むことができない。だから、自分なりの距離を置いて付き合っていた。

いつものように大河は桶町道場で、重太郎の代わりに門弟らに稽古をつけていた。その日はめずらしく坂本龍馬が指南をお願いするというので、組太刀稽古を行った。

龍馬は以前より腕を上げていたが、上達の度合いは目覚ましいほどではなかった。だから、稽古をつけたあとで大河は言ってやった。

「おぬしは稽古熱心なのかそうでないのかわからん。筋は悪くないのだから、もう少し根を詰めてやったら各段に腕が上がるのは請け合う」

「山本さん、わたしは怠けてはいませんよ。ただ、稽古不足というのはおっしゃるとおりですが……」

「女にうつつを抜かしすぎではないのか」

そう言うと龍馬は、そんなことはないと首を振る。女とは佐那のことだ。龍馬と佐那が親密になっているのを大河は知っていた。だが、それについてとやかく言うつもりはない。

「佐那さんのことをおっしゃってるんで……」

「それはよく知らん」

大河がとぼけると、

「まわりはどう見ているか知りませんが、わたしは一筋になっているわけではありませんよ。それに佐那さんがどう思われているかも知りませんし……」

と、龍馬は言いわけめいたことを口にした。

「おれにはどうでもよいことだ。うまくやれ。それより聞きたいことがある。おぬしは国を動かすとか、この国を変えるとか、そんな大法螺を吹いたな」

「はあ」

龍馬は遠くを見るように目を細める。

「いまの幕府をどう思う？」

「将軍家のことはよくわかりませんが、何やら揉めていると小耳に挟みました。だからといって、いまのわたしに何ができるわけではありません」

「だが、いずれはどうにかしたいと考えている」

「そういう時宜がいずれ訪れるはずです。きっと……」

「なぜ、そう言い切れる？」

大河は龍馬を見つめる。道場で稽古をしている門弟らの声があちこちでしている。

「まあ、攘夷の気運がもっと高まったときでしょう」

「攘夷ね。誰も彼もが攘夷攘夷だ」

「あれ、山本さんは攘夷に異を唱えますか？」

「馬鹿言え。異国をのさばらせる国になったらたまらんわい。おぬし、清河八郎という人を知っているか？」

「お玉ヶ池の門弟で塾を開いている学者だという噂は聞いています」

「おぬしと清河さんは、ひょっとすると話が合うかもしれぬ。その気があるならいつでも仲立ちしてやる」

「そのときはお願いします。仲立ちと言われ、思い出しました」

「なんだ？」

「士学館で修行中の武市さんが、山本さんと立ち合ってみたいと言っているのです」

「武市……」

「同郷の武市半平太さんです。山本さんと何度か会っているはずですよ」

しばらく考えて、大河は何となく思いだした。

「立ち合うにやぶさかではない。いつでも受けて立つ」

「ならば今夜にでも早速伝えておきます」

七

町を歩けば大戸を開いた商家の土間や、長屋の路地などで餅つきが行われていた。通りのあちこちに注連飾りを売る屋台店が出され、掛け取りに走る手代や番頭が忙しく駆けまわっている。

在府中の諸藩の勤番たちも正月の買い物に忙しそうにしているし、町屋のおかみ連中も大掃除に余念がなかった。

龍馬の仲介で士学館の武市半平太との試合は、そんな慌ただしい年の瀬も押し迫った日に行われた。その日は朝から雪がちらつき寒さが厳しかった。

「嬉しい知らせを持って帰ってきてください」

大河を送り出すおみつが、切り火を切ってくれた。添うか添わぬかわからないのに、おみつはすっかり女房気取りになっている。

「山本さんはやわな人じゃないから、今夜はうまい酒が飲めるよ」

供をする徳次が横から口を挟んだ。

「それじゃお酒を買っておきましょう」

大河はおみつと徳次のやり取りをよそに、雪をちらつかせている空を眺めた。

「積もりそうではないな」

空に雲はあるが、その雲は薄いし晴れ間がのぞいていた。

「積もらなくても今日は一段と冷えています」

徳次がそばに来て言った。そのまま大河は家を出た。すれ違う者たちは肩をすぼめ、手に息を吹きかけていた。

「今年最後の試合だな」

「最後だけに落とせない勝負になりますね。武市半平太という人は、なかなかの人物らしいですね」

おしゃべりな徳次は歩きながら話しかけてくる。

「いつ、聞いた？　昨夜はそんな話はしなかったではないか」

大河はちらりと徳次を見る。昨夜、徳次は柳橋で船頭と火消しの喧嘩騒ぎがあったことを詳しく話していた。

柳橋の船頭が些細なことで火消人足に腹を立てて諍いになったのが発端だったが、ことはすぐに収まらず、翌日になって火消し十数人が船頭の家に押しかけて狼藉をはたらき、家を壊したから、船頭仲間たちが加勢に出て双方に怪我人を出すという騒ぎがあったらしい。町奉行所が間に入って騒ぎは収まったが、喧嘩の発端になった二人は牢送りになったという。

そんなことを、徳次はまるで自分が見てきたように話すから、

――徳次さんは、噺家にもなれるんじゃないかしら。

と、おみつに言われた。

そのとき大河も、

――それがいいかもしれねえな。おまえはとんと腕が上がらないが、口のほうは達者だ。そっちの道を考えてみたらどうだ。

と、勧めた。徳次はとんでもないとかぶりを振って否定したが、大河は人を喜ばせる噺家は悪い商売ではない、寄席に行って名のある噺家に弟子入りしたらどうだと言った。

おみつもその考えに同調し、昨夜は噺家のことで盛り上がった。

「昨夜は山本さんとおみつが噺家、噺家と冷やかすから忘れていたんです」

「それで武市さんがどうした？」

大河は話を戻した。

「これも聞いた話ですよ。武市半平太という人は土佐に槍術道場を持っているらしいんです。門弟も百人は下らないと言います。それに士学館の桃井先生は、武市さんの人物に惚れて皆伝を与えられ、いまや塾頭を務めているらしいんです」

「人物がいいから皆伝を……それだけで桃井さんが皆伝を授けることはないだろう。おそらくそれに見合う腕があると見込んでのことに違いない。そうか、武市半平太は士学館の塾頭になっていたか……」

ならばおのれの腕を試すための他流試合を望むのも無理はないと、大河は武市の心中を推し量りながら、これは面白い立ち合いになると思った。

桶町道場では門弟らが稽古に励んでいた。吐く息は白く、汗で濡れた稽古着からは蒸気が上っていた。

床を踏む音、竹刀のぶつかり合う音、そして門弟らの発する気合いが交錯していた。門弟は玄武館と違い武士だけではない、町人もいれば百姓もいる。誰もが剣の道を究めるのだという意気込みで、稽古に取り組んでいる。

大河は冷たい床に腰を下ろすと、稽古の支度にかかった。

「山本さん」

声をかけてきたのは龍馬だった。見所脇の出入り口からあらわれたのを見ると、また佐那に会ってきたのだなと察した。だからといっていまの大河に、佐那への未練は微塵(みじん)もないからどうでもよいことだ。

「龍馬、武市さんは塾頭になっているらしいな」

「さようです。もともと国許(くにもと)でも腕のある人だったので、士学館に入るなり上のほうに行かれました。油断できませんよ」

龍馬はにやりと笑う。

「油断はせぬさ。だが、楽しみだ」

大河はすっくと立ち上がると、素振りをはじめた。冷えた体が竹刀を振るたびに温まってくる。

体をほぐすために、徳次を相手に型稽古をした。このときは決まって徳次が打太刀だ。好きに打ち込ませ、受けてやる。打突が甘いと払ったり擦り落とす。

「腰が座っとらん！　ほれ、正面から打ち込んでこい」

発破をかけられる徳次は、普段にない真剣な顔つきで打ちかかってくる。大河はわざと打たれたり、受けたりするが、徳次の打突は弱い。

「おまえはなぜ腕が上がらぬか、自分でわかっているか？」

ひととおりの稽古を終えたあとで、大河が徳次に言った。

「わたしは剣術に合っていないのですかね」

徳次は情けなさそうに眉尻を下げてため息をつく。

「そうではない。なぜ腕が上がらぬか、真剣に考えないからだ。上達するために何をしたらよいか、それを考えろ」

「山本さんは何だと思います？」

そもそもこんなことを聞き返してくるのがだめなのだと思うが、大河は言ってやる。

「おまえは基本を疎かにしている。もっと素振りをやれ。それから黙々と足の運びをやり直せ。それが思うままにできるようになれば、初目録はすぐだ」

「わかりました」

徳次が殊勝に頭を下げたとき、道場玄関に二人の男があらわれた。

龍馬が迎えに行き、短く言葉を交わすと、大河のもとに三人がやって来た。

「山本さん、武市さんです」

龍馬が紹介すると、

「何度かお目にかかっていますね。今日は楽しみです」

武市は丁寧に頭を下げた。なんとも言えぬ風格があった。それからもう一人横にいた。

「しばらくだな山本。武市さんがおぬしとやるというから、おれもついてきたが、手合わせを願いたい」

不遜（ふそん）な態度でいうのは、上田馬之助だった。以前、大河はこの男を負かしている。

三番勝負で一番落としていたが、今日はそうはいかぬと、上田を見て、

「喜んでお相手しましょう」

と答えた。

重太郎がやって来たのはそのときで、

「これはお揃いで。武市さん上田さん、わざわざおいでいただき恐縮です」

と、丁寧に応じた。

「山本が相当腕を上げたと聞き、今日は楽しみです」

上田が不遜な顔で応じた。刃傷沙汰（にんじょうざた）を起こしている男で、士学館の当主・桃井春

蔵に何度も灸を据えられているが、試合巧者なので油断はできない。

「体をほぐされたら、早速はじめましょう」

重太郎が言うと、武市と上田は支度にかかった。

第五章　敵　意

一

「三年前とは違うからな」

大河の最初の相手は上田馬之助だった。

竹刀を合わせて作法どおりの礼をしたあとで、上田は面のなかにある目を凶暴に光らせた。

「それは楽しみです」

大河が受け流すように応じると、上田はすぐさま怒りを表情に表し、「嘗めるな」とくぐもった声を漏らした。

「では、はじめる」

検分役を務める重太郎の声で、両者は自分の間合いに下がった。三番勝負である。

「でやーッ！」

上田は道場内に響きわたる気合いを発した。大河は黙したますすっと前に出る。上田も出てくる。互いに青眼。トンと床を蹴った上田が仕掛けてきた。

「おりゃあー！」

面を狙っての打突だった。大河は竹刀を水平にして受けた。バシッと激しい音が鳴り、大河の竹刀が押し下げられた。

両者はパッと飛びしさった。大河はいまの一打に内心で驚いていた。これほど激しく強い打ち込みは、久しく受けたことがなかった。

三年前とは違うと上田は言ったが、なるほどと納得した。大河の打突も強力であるが、上田も遜色ないようだ。

間合い二間半から、大河が前に出る。上田も出てくる。稽古をしていた門弟らが、いきなりはじまった試合の見学にまわり、息を呑んだ顔で見守っていた。

大河がさっと竹刀を動かすと、上田がそれに反応して竹刀を動かす。隙はなかなか見えない。それでも大河は詰めた。近間に入った瞬間、上田が小手から突きを送りだしてきた。

大河は右に半尺動いてかわすなり、上田の横面を強く打った。

「めーん！」

一本決めた大河の気合いが道場にこだました。重太郎の手がさっと大河のほうに上がる。

上田は双眸をぎらつかせて竹刀を構え直して出てくる。同じく攻防一体の青眼。大河は鶺鴒の構えで応じる。どんな技を繰り出されても、かわすか受ける。おのれの体に上田の竹刀を触れさせない。大河はそのための鍛錬をつづけてきた。その成果を見るのに、上田は恰好の相手に思われた。

二本目は攻め立ててくる上田を押し返し、反撃に出て追い込んだところであっさり小手を打って勝った。

三本目は少し手こずったが、上田が小手を打ち、外されると、そのまま二段突きを送り込んできたが、大河は突きをすりかわして胴を抜いた。

「どーッ！」

胸当てをたたく音と大河の気合いに、重太郎の「それまで」という声が重なった。

完敗した上田は、不服顔で口を引き結んで下がった。面を脱ぐと、荒い鼻息を漏らしてにらんできたが、大河はさりげなく視線を外して汗をぬぐった。

武市半平太との立ち合いは、呼吸が整ったところではじめられた。武市は大河と同じぐらいの長身だ。上田は激しく動いたが、武市は静かに間合いを詰めてくる。

大河は動かずに待った。

（どんな技を持っているのだ……）

静かに武市の動きを見る。武市が剣尖（けんせん）をわずかに上げた。同時に連続して、面・面・面と打ってきた。右から左、左から右と一連の流れである。

大河は左にまわり込みながら、竹刀を顔より上にあげた位置で左右に払いながら下がる。武市は攻撃の手をゆるめず、なおも面を狙ってくる。だが、ふっと腰を落として突きにくる体勢になった。

大河が警戒して竹刀を下げると、そこへ小手が飛んできた。鮮やかな動きだった。しかし、大河は半身をひねることでかわし、すかさず面を打った。決まった。

二本目は先に大河が動いた。いきなり面を打ちにいくと、懐に飛び込まれ鍔迫（つばぜ）り合（あ）いになった。武市は足を払いにきた。そのことで大河の体勢が崩れた。

瞬間、大上段からの打ち込みが眼前に迫った。大河は床に転ぶようにしてかわし、すぐさま立ち上がって構え直した。そこへ突きが送り込まれてきた。

これも連続技である。突き・突き・突きと、素早い送り出しだった。大河は下がるしかない。そこへ武市が追い込んでくる。またもや突きである。

大河はまわりこんでかわし、逆に小手を返した。一瞬の隙をついての返し技だ。

「ほう……」

と、どよめくような驚嘆の声が見学している門弟らの口から漏れた。

残り一番となった。大河は落とすつもりはない。武市も一本は決めたいはずだ。おそらく心に焦りが生まれているだろうと、大河は思ったが、武市はその意に反し、静かに大河の出方を待った。

両者、間合い二間で対峙したまま動かない。窓から吹き込む寒風が、袴の裾を揺らす。面のなかは汗で湿っている。自分の呼吸が耳に聞こえる。

「さあーっ！」

大河は誘いの気合いを発した。竹刀を持つ手から力を抜き、剣尖を小刻みに揺らすように動かす。武市が無言のまま詰めてくる。

さっと牽制の突きを繰り出し、すぐに引きつけた。大河は惑わされない。ゆっくりと武市の左へまわり込むように動く。武市が間合いを詰めてくる。「はっ」と短い気合いを発し、突きを送り込んできた。大河はかわして面打ちにいったが、うまく受けられ、即座に小手を狙い打ちにされた。だが、すんでのところでかわした。

かわされた武市はまた小手を打ちに来た。大河が竹刀を引くと、そこへ突きが飛んできた。俊敏な動きだ。武市の腰は安定している。足捌きにも無駄がない。

突きのあとにまた小手が飛んできた。大河は下がってかわし、武市の摺り足が乱れたのを見た瞬間、右斜め前方に右足を送りながら小手を打った。

「それまでッ！」

重太郎が大河の勝ちを認めた。

「山本殿、まいった。まったく勝ち目がなかった。お手前の体に竹刀をあてることもできなかった。噂どおりの人で感服いたした」

大河に作法どおりの礼をしたあとで、武市が息を弾ませて言った。

「武市さんにも感服です。ひとつ教えてください」

「何でしょう？」

武市は首筋の汗を拭きながら大河を見た。

「なぜ、突きと小手を多く狙うのです」

武市は口の端に微笑を浮かべて答えた。

「いざ真剣での戦いとなれば、胴を抜くのは難しい。小手か突きがもっとも狙いやすいからです」

大河はハッと目をみはった。たしかにそうだろうと思った。小手は遠間から打っていける。突きも同じだ。

面は深く相手に接近するし、胴を打つなら懐に入らなければならない。もし、技を返されたらそれで終わりだ。真剣なら技が決まらずとも、体のどこかを斬られる。

「わかりますか？」

武市の言葉に、大河は深くうなずいた。真剣での戦いを想定している人がここにもいたと思った。

二

おみつは太一を亡くしたあとも乳が張りつづけていたが、暮れあたりから少しずつ膨らみが小さくなっていた。それでも小さくはないし、形がよかった。

大河はその乳を片手で包むようにして寝るのを好んだ。そして、朝目が覚めたとき、その手が離れていると、おみつはそっと大河の手を自分の乳房に移す。

「起きたのか？」

大河が耳許で囁くと、

「いま目が覚めました」

と、おみつが甘ったるい声で囁き返し、体を寄せてくる。二人とも身には何もつけていなかった。表から鳥の鳴き声が聞こえていた。雨戸の隙間から細い光の筋が伸びていた。

「年が明けたな」

「ええ」

大河はおみつを抱き寄せた。

「まさかこんなふうになるとは……」

おみつは大河の厚い胸板に声をこぼし、少し間を置いてつづけた。

「あのとき、旦那さんが声をかけてくれ、そして止めてくれなかったら、わたしはいまごろ生きていなかったのですね」

「…………」

「太一の分も生きなければなりません」

「死んだ亭主の分もだ」

大河がそう言うと、おみつは強くしがみついてきた。

「……もう旦那さんのことしか考えないから」

泣きそうな声だった。大河は愛おしさを感じた。おみつの顔を両手で包み込んで上げると、そのまま上になった。股間が火照るように熱くなり硬くなっていた。

「わたしのこと、どうするつもりです？」

おみつが下からまっすぐ見つめてきた。

「女房にしてくださるの……」

大河は即答できない代わりに、おみつのなかにゆっくり侵入した。おみつの眉間にしわが寄った。それから小さな吐息から、違う声に変わった。

大河は先を急ぐように動いた。

「わたしも……」

「なんだ？」

「旅に連れて行って……もらいたい」

大河は答えずに動きつづけた。おみつは口を引き結び、漏れる喘ぎを堪え、首を左右に振った。

大河が果てると、二人はしばらく重なり合ったまま身じろぎもせず、表から聞こえる鳥の声に耳を澄ましていた。

「旅は遊びではない。修行だ。女は連れて行けぬ」

大河がつぶやくと、おみつが残念そうなため息を漏らした。

「わかってくれ」

大河はそっとおみつから離れた。


安政五年（一八五八）の正月三ヶ日を正木町の家で過ごした大河は、四日の日に重太郎の家に呼ばれ酒肴（しゅこう）を馳走（ちそう）になった。

その席で大河は重太郎に房州へ修行の旅へ行きたいと申し出た。

「房州へ……」

「江戸にいながらの鍛錬をなおざりにするつもりはありませんが、自分の腕をもう少し試したいのです」

重太郎は口許に運んでいた杯を膝許（ひざもと）に下ろした。

「腕は試しているであろう。江戸でも他流試合はできる。そして、おまえはそれをやってきた。それでも不足だと考えているか……」

「江戸は江戸です。たしかに腕の立つ剣客は江戸に多いと思いますが、在にも名こそない腕の立つ者がいるはずです。そういう相手を探したいのです」

「探して立ち合って、身の丈に合わぬ者であれば無駄足になろう」

「それは行ってみなければわからないことです。お許し願えませんか……」

重太郎は考える目つきで酒を嘗め、手の甲で口をぬぐった。

「重太郎先生、お願いいたします。わたしの代わりに稽古をつけられる人は他にもいます。半年ほど旅をさせてください」

大河は尻をすって下がり、頭を下げた。重太郎はその様子を静かに眺め、

「明日、稽古をつけてやる」

と言った。

大河がハッとした顔を上げると、

「おれに勝てる腕になったかどうか見てやる」

重太郎は真剣な顔をしていた。

その夜、大河は徳次とおみつに、

「やはり武者修行の旅に出ると決めた」

と、はっきりと言った。

「それじゃわたしもいっしょに連れて行ってもらえるんですね」

徳次が主人を待っていた犬のような顔をした。反対におみつは落胆の色を浮かべ

た。

「おまえは連れて行く」

「それで出立はいつでしょう？　おとっつぁんに早めに言っておかないと、わたしは仕事を押しつけられますから教えてください」

「来月あたりにしようかと思う。その頃は寒さも緩んでいるし、旅をするには丁度よい」

「来月ですね。承知、承知いたししました」

徳次ははしゃいだ声を上げた。

三

翌日、大河はいつものように道場に入り、いつものように自己鍛錬をし、やってくる門弟らに稽古をつけまた指導をして汗を流した。

ときどき重太郎が道場にあらわれ、門弟への指導をしたが、大河には声をかけず、はたと気づくともう母屋に消えていた。

しかし、昼餉（ひるげ）の席に呼ばれ、いっしょに食おうと誘われた。

納豆と海苔と味噌汁のみの質素な食事だ。大河には物足りないが、昼間はそれぐらいで丁度よいのだ。

「庄司さんは仕官され、この道場の師範代は大河が頼りだと思っていたが、おまえは野放図なやつだ」

重太郎は不機嫌そうな顔で味噌汁をすする。

重太郎が口にしたのは、元玄武館の四天王のひとり庄司弁吉のことである。水戸藩に出仕していたが、その後重太郎に請われ、千葉道場の師範代となっていた。しかし、長くはなく宍戸藩に召し抱えられ、江戸を去っていた。

「我が儘だと思いますが、お許し願いたいのです」

「たしかにおまえは我が儘だ。この道場に初めて来たときは、無骨ながらも素直であった。稽古も誰よりもしたし、熱心だった」

「…………」

「おまえが腕を上げるのはわかっていたが、思っていた以上に強くなった。それは認めてやる。さりながらおまえには足りないところがある」

大河は箸を置いて重太郎を眺めた。

「自分ではわかっておらぬだろう」

「足りないところはいろいろとあると思いますが……」

「ならば何が足りぬか言ってみろ」

大河は少し考えてから答えた。

「やはり鍛錬が足りないと思います」

「たわけ」

重太郎は一蹴して、

「まあ、あとでわかる」

と、先に居間を出て行った。

大河が給仕をしていた女中を見ると、目を伏せて片づけにかかった。

「先生は虫の居所が悪いようだな」

大河が声をかけると、女中は苦笑いをして台所に下がった。

茶を飲んで道場に戻ると、朝早くから来ていた門弟の姿はなく、他の門弟と入れ替わっていた。道場に通ってくる彼らは思い思いに稽古をはじめ、それまで習ったおさらいをしたり、素振りをしたり、基本動作を繰り返す。

「さあて、やるか」

重太郎が道場に入ってきて大河に声をかけた。

「よろしくお願いいたします」

「掛かり稽古だ。道具をつけるか、それともつけぬか？」

重太郎はいつになく本気の顔をしていた。

「それは先生におまかせします」

「……寸止めで行くか」

重太郎は短く考えてから答え、自分の竹刀をつかみ取って道場中央に進んだ。大河は遅れて前に立った。

「思う存分やる。さあ！」

重太郎が気合いを発して竹刀を構えた。大河もさっと青眼に構える。

「かかってこい」

誘いをかけられた大河は前に出る。

掛かり稽古は受けにまわる仕太刀が、わざと打突部位を開けることはない。よって攻めにまわる打太刀は、隙を探して打ち込んでいく。ただ打ち込むのではなく、どんどん技を仕掛けなければならない。

その技が甘ければ仕太刀は、容赦なく打ち払いすり落とし、あるいは逆に打突を繰り出してくる。

大河は摺り足を使って間合いを詰めると、突きを送りだした。さっと身を引かれてかわされる。即座に小手を狙うが、いなされる。さらに追い込むように詰めると、小手が飛んできた。

大河はかろうじてかわし、同時に小手から突きと連続技を繰り出した。その瞬間、重太郎の体が反転するように近づき、左上腕部に竹刀をつけられた。

大河の負けである。あっさり一本取られた。

（まさか）

と思った。

いまや重太郎に引けは取らぬ技量があると思い込んでいたが、いとも容易く負けてしまった。

「どうした。休んでいる暇はないぞ」

重太郎にけしかけられて前に出た。さすが師範だけあって重太郎には隙が見えない。それでも打太刀になっている大河は、技を仕掛けなければならない。

牽制の突きを送り込み小手を打ちに行くがいなされた。そのまま逆袈裟に竹刀を振りあげ、面を打ちに行くと、擦りあげられたと同時に足払いをかけられ倒れたところで、胸に竹刀の切っ先を突きつけられた。

真剣なら心の臓をひと突きされて一巻の終わりである。

（おかしい……どういうことだ）

大河は混乱していた。つづけざまに負ける自分が信じられなかった。

立ち上がって竹刀を構えたとたん、重太郎が打ち込んできた。小手からの面打ちだった。かろうじてかわし、横に動いたが、太股に衝撃を受けた。これは一本ではないが、

「大河、おまえはまともに立っていることができなくなった」

と、重太郎に言われた。

たしかにそうだった。真剣ならそれで勝負がつく。背中に冷たい水をかけられたような衝撃があった。まだ一本も奪えないでいる。大河は焦った。

立ち上がるなりそのまま鋭い突きを送り込み、面を打ちにいったが、いずれも空をつき、空を打ったに過ぎない。重太郎は一瞬にして遠間に離れて構えていた。

重太郎が詰めてきた。大河は待った。さらに重太郎が気迫を漲らせて詰めてくる。竹刀が上段に上がった。胴と小手を狙える。しかし、打ちにいった瞬間に技を返されるとわかる。だから前に出られない。

大河は苦し紛れに竹刀を右下段に移した。重太郎が詰めてくる。その右踵が浮い

た瞬間、大河は体をひねりながら裏面を打ちにいった。

すっと重太郎の姿が消えた。その刹那、自分の横腹に重太郎の竹刀がつけられていた。

完敗である。もはやこれ以上やっても無駄だと割り切り、竹刀を納めて一礼をして下がった。重太郎は大河の心を読んだのか、何も言わずに竹刀を納めた。

「大河、真剣ならおまえは何度も死んでしまったな」

重太郎は余裕の笑みを口の端に浮かべ、

「ついてこい」

と、母屋のほうに顎をしゃくった。

四

「汗を拭け」

座敷に入るなり、重太郎が新しい手拭いを寄越してきたので、大河は受け取って汗をぬぐった。

「すっかりまいりました」

大河は半ば放心していた。重太郎に手も足も出なかった。

「なぜ、わたしから一本も取れなかったか、それがわかるか？」

重太郎は最前とは違う、人を包み込むいつもの表情に戻っていた。

「力不足です」

「そうではない。おまえの力量は誰もが認めるところだ。暮れには士学館の二人にあっさり勝っている」

「……あの二人より先生のほうが一枚上と言うことでしょう」

「そうは思わぬ。肝要なのは心だ」

「心……」

大河は目をしばたたいた。

「今日は朝早くからおまえを見ている。口は利かなかった。そして昼飯を食った。おまえには遠慮があった。わたしが不機嫌な顔をしていると、おまえの心は少なからず乱れた。そして、そのままさっきの稽古をした。端からおまえは不利に立っていたのだ。気づかなかったか……」

「恥ずかしながら」

大河はうつむいて唇を嚙んだ。つまり、重太郎は稽古をする前に大河の心を乱し、平常心をなくさせていたのだ。

もちろん相手が道場の師範であり、自分の上に立つ人だという遠慮は常にあるが、いざ稽古や試合となれば、そんな思いは関係ないし、取り払わなければならない。それなのに、大河は不機嫌そうな重太郎に気を使い、心の隅で自分が何か気に入らないことをしてしまったかと考えもした。

「どうした。なぜ、さっきのような負けをしたかわかったか？」

「何となくわかった気がします」

重太郎はやわらかな眼差し（まなざ）を向けてきただけで、すぐに口を開かなかった。

「おのれの未熟さを思い知りました」

「まあ、そう素直になるな。おまえらしくない。堂々として、人を食ってかかるのが山本大河ではないか。そうであろう」

大河は頭を下げる。まいったと、胸のうちでつぶやいた。

「武者修行の件、もう少し考えるのだ。旅に出ることに口は挟まぬが、もう一度自分を見つめ直して、それから話しに来い。わかったか」

「ありがとう存じます」

大河は深々と頭を下げた。

道場をあとにしたが、そのまままっすぐ帰る気にならなかった。

重太郎にあれほど打ちのめされるとは、思ってもいなかっただけに、その衝撃はすぐに消えそうになかった。

自宅屋敷とは方角の違う堀端に出て、目についた茶屋の床几に座って茶を飲んだ。

堀向こうの大名屋敷の甍が日の光にまぶしい。そのさらに遠くにお城が見える。櫓脇の白漆喰の長い塀の上に、松や杉や楠がのぞいている。

大河は茶に口をつけ、すぐそばの堀に目を転じた。二羽の鴨が泳いでいた。親子なのか番なのかわからない。

重太郎の言葉を思い出した。

――肝要なのは心だ。

要するに気の持ちようということだろうが、同じことを木曾の剣術家・遠藤五平太にも言われた。心を磨けと。

心とはなんだ？

大河は虚空を凝視した。

剣は心か……。

技や体ができていても心に乱れがあれば、思いどおりの動きができない。そういうことか。ぼんやりとだが頭ではわかる。

しかし、人は常に不動の心でいるのは難しい。そうだ、不動の心……。

(難しいことをやるのが、おれだ)

大河は膝に置いている拳を強くにぎり締め、禅をやってみようかと思った。思ったらすぐ行動に移すのが大河である。

明日にでも禅寺を訪ねて、禅のさわりだけでも教えてもらおうと決めた。

「よう、これは山本殿ではありませんか」

勘定を払おうとしたときに声をかけられた。相手は士学館の上田馬之助だった。

隣にもうひとり男がいた。

「さっき話していた千葉道場の山本大河殿だ。山本殿、三河吉田藩から修行に来ている坂部大作という者です」

上田は連れを紹介した。

「山本です」

大河は立ち上がって会釈をした。

「暮れには散々負かされ、いささかへこんでおりました。山本殿の強さには舌を巻くほどです」

上田はそうは言うが、目には敵意に満ちたような光があった。

「たまたま勝ちを譲ってもらっただけです。つぎにやったらどうなるかわかりませ
ん」

「余裕ですな。勝てば殊勝になれるものだ。負けたら言いわけもできぬ」

上田は嫌みなことを言ってにらむように見てくる。

「勝負は時の運とも言いますからね」

大河は言葉を返した。

「それも勝ちを得ている者がいう科白だ。だが山本殿、真剣での勝負ならどうなる
かわからぬぞ。竹刀で怪我をすることは滅多にないが、真剣ならそうはいかぬ。ひ
とつ間違えば死だ」

「……そうでしょう」

「やってみるか」

上田は一歩詰め寄って大河を凝視した。

「遠慮しときます」

大河がそう言うと、上田は肉厚の強面の顔をゆるめ、不敵な笑みを浮かべ、

「そのうちやってみてもよい。では」

といって、坂部大作と歩き去った。

五

「いい体つきをしていますね。さも強そうな、そんな気を漂わせています」

坂部大作は上田に並んで言う。

「ふん、ちょこざいなやつよ。ああいうふうにいい気になっているやつを見ると、虫酸(むしず)が走るんだ。千葉道場には鼻持ちならんやつが多過ぎる」

上田は歩きながら、ペッと地面に唾(つば)を吐いた。

「おまえにはわからんだろうが、そのうちわかるようになる。どうだ、ちょいと引っかけるか？」

上田は大作に顔を向け、酒を飲む仕草をした。

「まだ明るいですよ」

「酒を飲むのに明るいも暗いもあるか。もう今日はやることがないのだ。付き合え」

上田は強引に誘って、京橋に近い縄暖簾に大作を連れていった。そこは飯屋を兼ねた居酒屋で、昼間から暇を持て余している客がいた。

勤番侍もいれば、仕事を休んでいるらしい職人の姿もある。

「江戸は面白いか？」

馬之助はぐい呑みを傾けながら大作に聞いた。

大作が士学館に入門したのは一昨年のことで、まだ若い門弟だった。それでも国許で長く剣術修行をしていたせいか、上達が著しい。

道場主の桃井春蔵が上田をそばに呼んで、

「あの坂部という男見所がある。面倒見てくれ」

と、言ったほどだ。

その言葉どおり上田は坂部の面倒を見ていた。しかし、上田は酒癖が悪く、偏屈な性格で、また執念深いところがある。

そんなことは自分自身でわかっているが、ときに自制が利かなくなる。

その点、坂部大作は生真面目で辛抱強い。上田は、桃井春蔵から坂部の面倒を見ろと言われたが、逆に守役をそばに置かれたような気もしていた。

「面白うございます。勤めは退屈ですが、道場での稽古が何より楽しゅうございます。それに上田さんのような方とお近づきになれましたし」

「おれはどうってことのない男だ」

上田はおだてられると弱い。ギョロ目を細くして謙遜する。

「そんなことはありません。上田さんは道場筆頭の腕をお持ちではありませんか。先ほどお会いした山本殿に負けたというのが信じられません」

大河の名前が出て、上田は一気に興が醒めた。

「負けは負けだ」

上田は自棄になったように酒をあおった。

「あの人もおっしゃいましたが、勝負は時の運だと思います。勝ち負けはそのときどきではありませんか」

「馬鹿言え。おれはやつに二回も負けているんだ。腹が立ってしかたがない」

「すみません」

大作は頭を下げて酒を嘗めるように飲んだ。

「あやまることはない。おれがだらしないだけだ。まあ、稽古を積んでいずれやつを負かしてやる。じつはな、負けたというのが、おれはどうも納得いかんのだ」

「だったらもう一度立ち合われたらいかがです」

上田は折敷に杯を置いて、大作を眺めた。

「そうだな」

「納得のいく立ち合いをすればよいだけのことではありませんか」

「たしかにそうだ。おぬしの言うとおりだ」

上田はくすんだ板壁の一点を凝視した。

「上田さん、いかがされました？」

上田は大作の声で我に返り、手酌をして酒を飲んだ。

「おまえに言われて、何だか目の覚めた思いだ」

「……何がでしょう？」

「山本大河のことだ。やつともう一度勝負しよう」

「それは楽しみです。つぎは勝ちは譲れませんね」

「あたりまえだ」

上田はそう答えてから心中でつぶやいた。

つぎは真剣でやる、と。上田は竹刀剣術は、実戦では通用しないと考えている。

いざ斬るか斬られるかの戦いになれば、胆力のあるほうが必ず勝つ。体が小さくても大きな相手に勝つのは、胆力が勝っているからである。

子供の頃から幾度となく喧嘩をしてきた上田にはわかっていた。年上も年下も関係ない。喧嘩に勝つのは相手を怖れぬ勇気があるからだった。

「坂部、明日からおれと組んで稽古をしよう。他のやつとはやらんでいい」

「望むところです。じつはそう願えないかと、前々から思っていたのです。よろしくお願いいたします」

大作は嬉しそうに頬をゆるめて頭を下げ「さ、どうぞ」と、上田に酌をした。

六

その日は道場での師範代の仕事は休みだった。

大河が重太郎にたまには暇をもらいたいと申し出ると、二つ返事で、

「熱心なのはよいが、心身を休めるのは大事なことだ。ときにはゆっくりするがよかろう」

と、許しをもらった。

大河はその日を利用して東海道を上っていた。

「いったいどこへいらっしゃるのです？」

あとをついてくる徳次が怪訝そうな顔を向けてくる。

「寺だ」

「それは聞きました。いったいどこのお寺なのです？」

「山岡鉄太郎に教えてもらったのだ。金地院と東禅寺と東海寺を……」

「はあ、山岡さんに……」

「あいつは禅をやっているらしい。それで禅の修行のできるところはどこだと聞いたら、その三つの寺を教えてくれた」

「寺で修行するのですか？」

「そのつもりだ。だが徳次、じつはおれも寺で修行したことがあるんだ」

「へえ、そうなのですか。そりゃあ初耳です」

「まだ子供の頃だ。修行と言っても悪さばかりしていたので、住職に灸を据えられてばかりだったが……」

「そんなことがあったのですか。それでどこの寺に行くのです？」

徳次は小太りで足も短いので、ときどき小走りにならないと大河についてこれない。

「昨日人に聞いたのだ。一番近いのは金地院だと」

「どこにあるんです？」

「芝だ」

「じゃあすぐ近くではありませんか」

二人は芝口橋（しばぐち）をわたったところだった。

「知っているのか？」

徳次を見ると、知らないと首を振り、

「増上寺（ぞうじょう）あたりの寺で聞けばわかるんじゃないでしょうか？」

と、呑気（のんき）なことを言う。

「おれもそうしようと思っていたのだ」

「まったく、思いつきみたいなことを……」

徳次はぶつぶつ言いながらついてくる。

宇田川（うだがわ）町を過ぎ、芝神明社（しばしんめいしゃ）を訪ね、出会った小僧に金地院の場所を訪ねると、増上寺の裏側だと教えてくれたので、そのまま足を向けた。

金地院はなかなか立派な寺院で、境内も広かった。本堂のそばで坊主に会ったので、

「わたしは桶町千葉道場の山本大河と申す者だが、こちらで禅の修行をさせてもらえないだろうか。お手前でわからなければ、住持に聞いてくれるとありがたい」

「修行でございますか？　今日の今日では、少し無理だと思います。住職は忙しくされていますので、また日をあらためていただいたほうがよいと思います」

「そのさわりだけでも教えてもらうことはできないだろうか」

「修行は遊びではありません。さわりとおっしゃっても、それは難しいことです」

坊主は頭の硬いことを言う。

「ではどうすればよい？」

「日をあらためておいでいただいたほうがよいと思います。わたしのほうから住職に話をしておきますので……」

「住職はいないのか？」

「今日は法要で留守にしています。このところ葬式や法要が立て込んでいますので、忙しいのです」

なんだつまらんと、大河は胸の内で吐き捨て、金地院を出た。

「坊主も偉そうにしていやがる」

「忙しいのですからしかたありませんよ」

「よし、ここはあきらめた。東禅寺に行こう。高輪だ」

「高輪のどこにあるんです？」

「知らん」

「まったくこれだもの……」

徳次はあきれたように首を振る。

しかし、高輪の東禅寺には迷うことなく行くことができた。

江戸の海を見わたせる総門をくぐると、なんとも立派な本堂が目に飛び込んできた。大河がずかずかと飛び石を歩いて、本堂前で立ち止まると、一人の僧が脇からあらわれたので声をかけた。

「禅の修行をなさりたいのですか」

坊主は大河と徳次をあらためて見て、

「お話だけでも伺いましょうか」

と、一方にある草庵(そうあん)に案内してくれた。

年の頃、四十半ばで僧侶(そうりょ)らしく落ち着いた坊主だった。話し方もゆっくりしているし、鷹揚(おうよう)な雰囲気を醸している。名を高立(こうたつ)といった。

大河は自分が剣術家であること、千葉一門であること、また剣の修行にあたり心を磨きたいので、禅の修行をやってみたいと話した。

落ち着いたたたずまいで話を聞いていた高立は、

「禅のことを少しはご存じでしょうか？」

と、大河の話を聞き終えて問うた。大河は何も知らないと正直に答える。

高立は少し考えてから、口を開いた。かすかな笑みを浮かべて話す。

「まずは座禅をすることです。おのれの力で悟りを開くのがまずは第一です。さりとてすぐに悟りを得ることはできないでしょう。まずは座禅をすることで、人の尊厳と純粋な心を育むことからはじめましょう。座禅はお堂でおやりにならなくても結構。山本様のお宅でも、あるいは山のなかでも海辺でも気軽にできます。座禅を組むことで人の尊さを自分なりに探し求めてください」

「座禅ですか……」

「行住坐臥。ただひたすらおのれと向かい合い、おのれの平生を顧みてください。まずは本堂で座禅をやってみましょうか」

大河はお願いすると答え、高立のあとに従い、本堂に行って足の組み方手の置き方を教わり、そのまま瞑想をつづけろと言われた。

心を空にしろとも言われたが、静かな堂内で目をつむり座っていても、ありとあらゆる雑念が頭のなかをぐるぐると駆け巡った。供をしてきた徳次も大河の隣で座禅を組む。

一刻(いっとき)ほど座禅をつづけたところで、

「おそらく何もわからなかったと思いますが、それが禅の入り口でございます」

と、高立に告げられた。

大河は厳粛に受け止めて、その日は東禅寺をあとにした。

「山本さん、座禅をすると何だか心が静まりますね。足は痺(しび)れますが……」

家路につきながら徳次がつぶやくように言う。

「おれはよくわからんが、まあ、暇なときに東禅寺を訪ねることにする」

七

寒気が緩み、梅の花が咲きはじめ、鶯(うぐいす)の声を聞くようになった。

大河は房州へ武者修行の旅に出る予定だったが、東禅寺にときどき通いながら心を磨こうと努め、同時に高立の教えを素直に受け、禅の奥深さを知った。

心の片隅で、座禅など何の役に立つのだという思いがあったが、高立と何気ない言葉のやり取りをするうちに、禅行は思いの外面白いと興味を深めていた。

道場でいつものように門弟らに指南をし、自己鍛錬を怠らないのは変わらないが、夜になると、ときどき柏尾馬之助や真田範之助が遊びに来るようになった。

範之助はお玉ヶ池の玄武館の門弟だが、

「わたしも桶町で山本さんに鍛えてもらいとうございます」

と、懇願する。

大河は慕ってくる範之助を可愛く思うし、稽古（けいこ）相手になってやろうと思いもするが、

「おまえはお玉ヶ池の門弟だ。そのことを忘れるな」

と、諭すに留（とど）める。

しかし、家にやって来ておみつの料理を肴（さかな）に酒を飲むのは楽しい。範之助は純朴で親しみやすく、どちらかというと狷介（けんかい）な大河に比べ癖がない。

柏尾馬之助も範之助と気が合うらしく会話がはずむ。

「そういえば山本さんは、お玉ヶ池の清河さんをご存じですね」

ある晩だった。いつものように酒を飲んでいると、範之助がそんなことを口にした。

「ああ、知っている。このところ会っておらんが……清河さんがどうした？」

「あの人は塾をやっておられます。わたしも誘われたんです」

「おまえも学問をやるか。清河さんは学のある人だからな」

「その清河さんが、山本さんにも来てもらいたいと話されるんです」

「おれを、あの人の塾に……」

「はい。これからの世の中には、山本さんのような豪傑を必要とする。そばに置きたい人物だと……」

大河は黙って酒を嘗め、なぜそんなに自分を買うようなことを言うのかと、清河の考えがわからない。

「清河さんは山岡鉄太郎と懇意だ。山岡も豪傑だ。おれは学問が苦手だから、そう言っておけ。それで、おまえは清河さんの塾に行ったのか？」

「何度か行きました」

「ほう。それで、どんなことを教わっているんだ？」

「西洋や清国の事情などを教えてもらいました。いやいや、日本はのんびりしたものです。いや、幕府がそうなのだと思います」

「どういうことでしょう？」

身を乗り出して聞くのは馬之助である。

「清は日本に近い国だが、イギリスとの戦争に負け、国の一部を取られ、イギリスが得する交易を強いられているらしい。そこにアメリカとフランスがつけ込み、清と条約を結んだそうだ。それは清にとって不利なもので、異国にとって有利な条約らしい。清河さんは日本がその二の舞になったら大変だとおっしゃる」

「へえ、そんなことが日本に。しかし、幕府は強い」

馬之助はそう言うが、範之助は首を振って言葉をつぐ。

「清河さんは、いまの幕府は頼りないとおっしゃるし、老中などのご重役が二つに分かれ仲違い（なかたがい）をしているらしい」

「そんなことをなぜ清河さんは知っているんだ？」

大河は鯣（するめ）を齧（かじ）って範之助を見る。

「さあ、あの方は顔が広いのでしょう」

範之助もよくわからないようだ。

「政はおれにはよくわからん。幕府のことに首を突っ込むこともないし、突っ込める身分でもない。範之助、馬之助、そんなことより腕を磨くのが大事ではないか。剣の道で存分飯が食えるようになれば、それで御の字であろう」

「たしかに、おっしゃるとおりです」

範之助が納得顔でうなずいたのを見た大河は、

「よし、たまにはこの家ではなく河岸を変えて飲みに行くか」

と、二人を誘って立ち上がった。

おみつがどこへ行くのだと聞くので、近所だと答え、実家に行っている徳次のことを思い出し、

「徳次が戻ってきたら、馬之助と範之助とその辺で飲んでいると言ってくれ。おい、行くぞ」

まだ肌寒さは残っているが、酒で火照った体には丁度よいほどだ。風もない静かな夜で、銀盆のような月が浮かんでいた。

正木町の家を出た大河は、楓川沿いの道に出、本材木町七丁目にある縄暖簾(のれん)に入った。広い入れ込みのある大衆の居酒屋で、わいわいガヤガヤと賑(にぎ)わっていた。

大河は範之助と馬之助と車座になって座り、女中に酒と軽い肴を注文した。

「士学館の門弟がいますよ」

馬之助が入れ込みの奥を見て言った。大河がそちらに顔を向けると、上田馬之助が何が面白いのかガハハハと、歯茎を剥(む)き出しにして笑っていた。

「上田殿がいるな」

大河は顔を戻して女中が運んできた酒と料理を受け取り、三人で飲み直しにかかった。

「たまには外で飲むのもいいな。気分が変わる」

大河はうまそうに酒を飲む。肴は白魚の佃煮だ。これがなかなかよい。

大河はこの頃座禅を組むようになったと二人に話した。

「お玉ヶ池の山岡に禅寺を教えてもらったのだが、いざやってみるとこれが難しいのだ」

「禅は奥が深いと聞いています」

範之助が応じて、自分も興味があると言った。

「気があるなら、おまえもやるといいだろう」

そんな話をしていると、

「これはこれは、小千葉の塾頭ではないか。よく会うな」

と、声をかけてきたのは上田馬之助だった。酔った目をして、馴れ馴れしく大河の肩に手を置いた。小千葉とは桶町千葉道場のことで、玄武館を大千葉と呼ぶこともある。

「ご機嫌のようで、なにより」

大河はそう言って上田馬之助の手を払った。

「どうだ山本塾頭、せっかく会ったのだ。いっしょに飲まぬか。道場で勝った負けたの仲だが、ここでお近づきの印と行こうではないか」

上田はご機嫌だ。

「せっかくだが、大事な話があるので、今夜は勘弁してくれ」

「ふん、そうかい」

上田は何だつまらぬと、ぼやくようなつぶやきを漏らして自分の席に戻った。

「酒癖の悪い人ですよ。士学館でも有名です」

柏尾馬之助が声をひそめて言う。

「おまえも馬之助だが、同じ馬之助でも人品が違うな」

大河はそう言って笑った。

それから半刻ほどで切りあげて、大河たちは店を出た。

「すっかりよい心持ちになった。気をつけて帰れ」

大河は店の前で範之助と馬之助に言って背を向けた。

「おい、山本」

突然、声をかけられて振り返ると、軒行灯（あんどん）の灯（あか）りを片頬に受けている上田馬之助がそこに立っていた。

第六章　剣術馬鹿

一

「なんだ？」

大河は上田馬之助を見返した。

「何だとはなんだ！　きさまおれを愚弄（ぐろう）したな」

大河は眉宇（びう）をひそめた。

「愚弄した覚えはない」

「せっかくの誘いをむげに断りおった」

大河は上田をじっと見た。

「酔っているのか？　話なら素面（しらふ）のときに聞く」

「逃げるなッ」

「なにを。喧嘩を売っているのか？　買うにやぶさかではないが、酒のうえでの喧嘩などつまらぬ。おとなしく帰ったらどうです」

少し下手に出たが、上田は牙を剝くような顔になり、うなるような声を漏らしたかと思うと、

「馬鹿にしおって！」

と、いきなり抜刀した。

そばにいた範之助が慌てて、間に入った。

「上田さん、刀を引いてください。酒の上での喧嘩などつまらぬことです」

「どけ、小僧」

上田は眦を吊り上げ、刀を右手下段に下げて詰めてくる。士学館の仲間がさっきの店からどどっと出てきて、上田を引き止めにかかったが、

「てめえらは引っ込んでおれ！　これはおれと山本の話し合いだ」

そう言って刀を振りまわしたので、士学館の者たちは跳びのいた。

「範之助、おれが話す」

大河は前に立った範之助を下がらせて上田をにらんだ。

「上田さん、あんたは酔っている。おれも酔っている。それでも喧嘩を売りたければ買ってやる」

「おお、上等だ」

「売られた喧嘩を買わぬは男ではないからな」

大河は身構えた。

「山本さん」

柏尾馬之助が緊張した声で止めに入ったが、大河は首を振ってもう一度「下がれ」と命じた。

「山本、竹刀と真剣の違いを教えてやる」

上田は酒で赤くなったギョロ目をさらに大きくして、刀を八相に構えた。

大河は腰の刀に手を添え、鯉口を切った。

上田がじりじりと間合いを詰めてくる。酔っているとは言え、真剣である。油断をすれば、怪我をするか斬られる。大河の酔いはいっぺんに醒めていた。

「たあッ！」

上田が袈裟懸けに斬り込んできた。

大河は下がってかわした。まだ刀は抜いていない。

かわされた上田が間合いを詰めてくる。口を引き結び、夜目にも目をぎらつかせている。白刃が月光をきらりとはじいた。

ざっと上田の足が地面をする。川沿いの柳がゆらゆら揺れて、大河の小鬢を風が撫でていった。

上田が突きを送り込んできた。大河は半身をひねってかわす。

「こやつ」

上田は声を漏らし、さらに詰めてくる。我を忘れ総身に殺気を漲らせている。

（こやつ、本気で斬りに来る）

胸中でつぶやく大河は、上田の動きを見ていた。隙はある。だが、自分から斬りにいってはならないという理性を失っていなかった。

「抜け、刀を抜け」

中段に構えを取った上田が誘いかけてくる。そのまま間合いを詰め、右足を飛ばしながら突きに来た。

大河が刀を鞘走らせたのはそのときだった。送り込まれてくる上田の突きを上から押さえ込んで、体を寄せ、素早く足払いをかけた。

虚を衝かれた上田の体が宙に浮き、ドスンと地に落ちて尻餅をついた。

大河はさっと間合いを詰め、上田の首筋に刀を突きつけた。

「上田さん」

「山本さん」

同時にいくつかの緊迫した声が近くで上がった。

「上田馬之助殿、このまま首を刎ね斬ることもできるのだ」

大河のくぐもった声に、上田は顔色を失っていた。それでも強気なことを口にした。

「ならば……」

「やるならやれ」

大河はさっと腕を動かして刀を閃かせた。その刀は弧を描くように動き、一瞬後、上田の後ろ首に鈍い音を立てて振り下ろされた。

大河は柄頭で打ちたたいたのだ。上田の体はゆっくり前に倒れ、そのまま動かなくなった。

まわりを見ると誰もが凍りついた顔をしていた。大河はふっと息を吐いて、士学館の門弟を眺めた。六人ほどだ。

「気を失っているだけだ。連れて帰り介抱してくれ」

大河の言葉に士学館の者たちが慌てて上田に取りついた。

「それからいまのこと、できれば他言無用にしてくれぬか。知っているのはここにいる者だけだ。そうしてくれないか」

士学館の門弟たちは一度互いの顔を見合わせたあとで、わかりましたとうなずいた。

大河はそのまま範之助と柏尾馬之助を促した。

「二人ともさっきの件、黙っていてくれぬか。非は上田殿にあるのは明らか。おまえたちもそのことわかっているはずだ」

「そうです。山本さんを責めるものは何もありません」

範之助が答えた。

「表沙汰になれば、上田殿は恥をかくばかりでなく、道場を追われるかもしれぬ。そうなってほしくない。あくまでも酒の上の些細なことであった」

「わたしたちが黙っていても、士学館のあの門弟らが喋ったらいかがされます」

馬之助が不安げな顔を向けてきた。

「そのときはそのときだ。とにかくさっきのこと忘れてくれ」

二

淡路坂の清河塾を、試衛館の嶋崎勇（のちの近藤勇）と山南敬助が訪れていた。

その二人の供をしてきたのは、若き剣士・沖田総司（おきたそうじ）だった。

清河八郎はそばに山岡鉄太郎を座らせ、嶋崎と山南に幕府が開国に踏み切りそうな悪い流れになっていることを話していた。

「さようなことをわたしに話されても、どうも雲をつかむようなことで……」

嶋崎はぬるくなった茶に手を伸ばした。

「されど、嶋崎殿は攘夷（じょうい）に異は唱えられないでしょう」

清河は嶋崎をまっすぐ見て言葉をつぐ。

「昨年、下田にいるハリスは江戸城に登り、上様に親書をわたしています。その親書とハリスの口上書は諸国大名家に開示されています。知らぬはわたしどものような下々の者だけです」

「いったいハリスは何を望んでおるのです？」

「幕府との通商条約です。つまるところ、この日本と自由な交易をしたいということですが、それは幕府にとっても日本にとってもうまくない話です」

「うまくない話とは……」

山南敬助だった。

「アメリカは交易をしてうまい汁を吸い、日本は苦い汁を吸わされるといったらわかりやすいかと思います。つまり、損をするだけです」

「それは由々しきこと……」

「清河さん、お訊ねいたします。あなたはそんな話をどこから耳に入れられたのです？」

嶋崎勇は不審そうな目を向けてくる。

清河は落ち着いた所作で、火鉢の炭を整えた。嶋崎の疑問はもっともである。清河は幕臣でもなければ、大名家の家臣でもない。いわば一介の浪人に過ぎない。そんな男が幕府上層部の情報をどうやって手に入れるのかということだ。

清河は炭を整え終えて答えた。

「ハリスがお城にてお上に呈上した親書、そしてその折にハリスが申したことは口上書として残っています。その中身は多くの諸国大名家に開示されたと、先ほど申しましたが、直参旗本の方々も目にしています。この塾にはいろんな国の者がやって来ます。その者たちは耳聡く、その内容を知っています」

パチッと火鉢の炭が爆ぜた。

「幕府は昨年の暮れに開国を決定し、この正月に老中筆頭の堀田正睦様が京に上り勅許を奏請されました」

「天皇からの許しが出れば、開国ですか？」

「さよう」

「それでどうなったのです？」

清河は首を振って、まだわからないと答えた。

「開国になったら大変だな」

山南敬助が膝許に視線を落としてつぶやく。

「幕府まかせではこの国はどうなるかわかりません。わたしは憂国の志士を集め、いずれ立ち上がろうと肚を決めています。嶋崎さん、そのときには是非とも同志になってもらいたい」

嶋崎は山南と顔を見合わせてから、

「いつどのようにしてなさるのです？」

と、清河をまっすぐ見た。

「いまはその時宜を待つしかありませんが、そう遠い先のことではないでしょう。あなたは多摩に顔が広い。また、見るからに胆力のある方、同志集めに力を貸していただければありがたい」

　嶋崎はしばらく黙り込んで腕を組み、大きな口を引き結んだ。

「清河さん、こういう話をいつもされているのですか？」

「いつもではありませんが、まあ折を見て、またその相手の人柄を見てというところです。山南さんとは、お玉ヶ池で汗を流した仲間。是非にもお考えいただきたい」

「千葉一門にも清河さんの考えを受け入れている者がいるのですな」

「見所のある者がいます。しかし、わたしの考えを呑み込んでくれても、立ち上がることのできぬ腰抜けもいます」

　清河が「腰抜け」などと人を貶すのはめずらしいが、このときは言葉を選ばなかった。武士にとって侮辱の言葉である。武士なら自分は腰抜けではないという気概がある。つまり、清河は焚きつけたのだ。

「腰抜けにはならないでもらいたいものです」

「まさか、わたしに言っているのではないでしょうな」

　山南は目に力を入れた。おれは腰抜けではないぞと、その目が言っている。

「いやいや、山南さんは一廉(ひとかど)の人物。剣術の腕もさることながら、先見の明のある方」

「まあ、先見の明があるかどうかわからぬが……」

山南は落ち着いた目に戻った。

「清河さん、我が試衛館の門弟には、おいおいわたしから話をしていきますが、いざ立ち上がることになると、後ろ盾が必要になるのではありませぬか」

嶋崎だった。

「おっしゃるとおりです」

「誰を後ろ盾につけるのです？」

「幕府です」

嶋崎は驚き顔をして山南と顔を見合わせた。

三

大河は二月に入って間もなく、重太郎から武者修行の許しを得た。大河に代わって師範代を務めるのは、柏尾馬之助だった。

「馬、おれの我が儘だ。許してくれ」

大河が頭を下げると、

「いいえ、わたしもいずれ旅修行に出たいと思います。お戻りになったら、また楽しい話を聞かせてください」

と、いつものにこにこ顔で応じてくれた。

士学館の上田馬之助と一戦交えたことは、表沙汰にならず事なきを得ていた。あの一件をもっとも後悔しているのはおそらく上田本人であろう。

「あの人は執念深そうですが、大丈夫ですかね……」

馬之助は心配したが、

「もう二度とおれには関わらぬはずだ。何よりあやつは、同じ道場仲間の前で恥をかいている。同じことは繰り返さぬだろう。もし、やって来たらとんでもないたわけだ」

大河はハハハと笑い飛ばした。

道場から正木町の家に帰ると、

「旅に出ることになった」

と、おみつに告げた。とたんおみつは顔を曇らせた。

「わたしは連れて行ってもらえないのですね」

「何度も言っただろう。武者修行は遊びではないと。戻ってきたら、あらためておまえの故郷に行ってもよい。わかってくれ」

おみつはあきらめ顔でうなずいた。

夕刻に徳次が帰ってくると、大河は武者修行の旅が決まったことを話した。

「それでわたしもごいっしょできるのですね」

「そう言っただろう」

徳次は嬉しそうに頬をゆるめた。

その夜、大河は旅の計画を立てた。房州のことはよく知らない。どこにどんな道場があり、どんな剣術家がいるかもわからない。そのことを徳次に話すと、

「山本さん、明日にでもわたしはその辺のことを調べてまいります」

と、頼もしいことを言ってくれた。

そして、その翌日に徳次はちゃんと調べてきた。

「おまえは重宝なやつだ。それで……」

「へえ、いろいろ伺ってまいりましたが、詳しいことまではわかりません」

「大まかでよい。行けば、いずれわかることだし、土地の者からも教えてもらう」

この辺は大河の鷹揚（おうよう）さである。

「まず、武芸熱心なのが大多喜（おおたき）藩、久留里（くるり）藩、佐貫（さぬき）藩だといいます。また、佐倉（さくら）藩には学問所があり、武芸も盛んだと聞きました」

徳次は得意げな顔で話すが、大河には言われた藩がいったい房州のどの辺にあるのかわからない。わからないが黙っている。これもどうせ行けばわかることだと楽観する。

「名のある剣術家のことは？」

これが大事なことだ。

「佐貫藩に誠道館（せいどうかん）という藩校があり、そこに強い人がいると聞きました。逸見（へんみ）とか半澤（はんざわ）という方らしいですが、詳しくはわかりませんで、へえ」

「逸見、半澤……それで佐貫藩とはどの辺にあるんだ？」

「上総（かずさ）です」

「上総のどのあたりだ？」

「木更津からそう遠くないところです」

教えてくれたのは、大河と徳次のやり取りをそばで聞いていたおみつだった。

「木更津からいかほどある？」

「四里か五里ほどだと思います。わたしは行ったことはありませんが……」

「ならば、まずは木更津へ行き、それから佐貫に行くか」

大河は宙の一点を見据えてつぶやいた。

「それでいつ出立でしょうか？」

「支度のことを考えて、十日後にしようと思う」

「へっ、十日後ですか。すると月晦日になりますね」

「行くと決めたからには、ぐずぐずはせん。おみつ、そういうことだ」

おみつはしぶしぶとうなだれ、わかりましたと答えた。

「山本さん、そうと決まれば船がいつ出るか、明日にでも調べてまいりましょう。ついでに金策をしてきます」

「金策……？」

「路銀です。おとっつぁんは、山本さんのことなら大方話を聞いてくれます。何、うまくやって来ますから」

徳次はそう言うなり早速出かけていった。

「やはり、わたしは連れて行ってもらえないのですね」

しばらくしておみつが淋しそうな顔を向けてきた。

「遊びに行くのではない。武者修行だ。わかってくれ」

「……はい」

「だが、おまえの実家がどうなっているか様子を見てこよう。それとも何か言付けがあれば伝えておく。まだ身内はいるのだろう」

「それは嫌がられるだけです。わたしのことを話せば、きっと迷惑がられます」

大河はおみつを眺めた。親子の確執だけでなく、おみつには他にも何かあるのかもしれない。しかし、大河は深く穿鑿(せんさく)するのを控えた。

徳次は半刻(はんとき)ほどして戻ってきた。

「朝早く木更津河岸を出る船があります。それを逃すと、夜遅くなります。いかがしましょう？」

「早いほうがいい」

「それでおとっつぁんは、旅には費えがいるだろうと気前よく路銀をくれました」

徳次は巾着(きんちゃく)を大河にわたした。ずしりとした重さがあった。

「よいのか？」

「気にすることはありません。頑固者の親父ですが、物わかりのいいところがあるんです。じつは攘夷(じょうい)を唱えている人にも融通しているんです」

徳次はにっこり微笑んで言う。

黒船騒ぎ以来、徳次の実家・吉田屋だけでなく、諸国には尊皇攘夷を唱える志士に資金援助を惜しまない商家があった。

つとに有名なのが長州の萬問屋・小倉屋の主人、白石正一郎だ。彼は損得抜きで、薩摩や長州あるいは土佐の志士に資金援助をしている。

例を挙げるなら、久坂玄瑞・高杉晋作・桂小五郎・大久保利通らも小倉屋の援助を受け、のちに高杉晋作が奇兵隊を作るときには資金だけでなく、自宅屋敷を屯所として提供する。

その意味合いで言えば、大河への吉田屋の援助は少し違うが、厚意をむげにすることはない。

「来月は上総か……」

宙の一点を見てつぶやく大河は、再びの武者修行に胸を躍らせていた。

四

二月末の早朝、大河は徳次を供にして江戸橋南詰にある木更津河岸から船に乗り込んだ。三百石積みの五大力船で、酒や反物などの積み荷と商人や大河のような浪人なども乗り合わせていた。

順風なら二刻ぐらいで木更津に着くらしい。

日本橋川から大川へ、それから江戸湾に出た船は大きな帆を張り、風を受けると波をかき分けながら勢いよく江戸の海を横断しはじめた。

「おみつが作ってくれた弁当を……」

甲板に腰を下ろした徳次が、嬉しそうな顔で弁当の包みを開いた。

海上にはほどよい風が吹いており、波も穏やかだった。遠くに浦賀(うらが)や久里浜(くりはま)のある半島が霞(かす)んで見え、その先には朝日に輝く冠雪の富士を眺めることができた。目を転じて房総(ぼうそう)に目を向けると、その陸地がずんずん近づいてくる。

「船は気持ちいいですね。こんなに乗り心地がいいとは思いませんでした」

徳次はにぎり飯を頬張り、竹筒に入った茶を飲む。

「波がないからいいんだ。荒波だとこうはいかん」

「そういえば山本さんは九州にわたるとき大変な目にあったのでしたね。渡し舟を出してくれた船頭はどうなったんです。死んだんですか？」

大河はそう言われて思い出した。

赤間関から門司にわたるときに舟を出してくれたのは、清助という若い男だった。大河は命からがら助かったが、清助のことはわからなかった。しかし、久留米で松崎浪四郎と試合をしたあとで、赤間関に立ち寄ったとき清助のことがわかった。運良く命拾いをしていたのだ。そのことを知った大河は清助と再会して、互いに生きていたことを喜び合った。

「いや、やつも助かっていた」

「それはようございました。いつか聞こうと思っていたんです」

徳次は残りのにぎり飯を平らげた。

船は順調に海上を走り、約二刻半ほどで小櫃川河口にある木更津の湊に到着した。

大河は、木更津は海の向こうにある片田舎だろうと思っていたが、そうではなかった。海岸沿いに往還が走っており、木更津村で二手に分かれ、商家や旅籠、茶屋に土蔵などが並んでいた。江戸郊外の町屋と遜色がない。

大河が驚くのも無理はない。木更津は湊を中心に「木更津千軒」と呼ばれていた。

大河は一軒の旅籠に草鞋を脱ぐと、徳次におみつの実家のことを調べてくるように頼み、そのあとでぶらりと商家の並ぶ通りを歩いてみた。

町人らに交じって侍の姿を見ることがあった。気になって立ち寄った茶屋の老爺に聞いてみると、富津で海岸警固についている柳川藩の者だとわかった。

こんなところで柳川藩の藩兵に会うとは思わなかったので、声をかけて立ち話をすると、

「柳川に行かれたとな。それはまた嬉しいことを」

小柄な藩士は厳めしい顔をしていたが、一瞬にして人のよさげな表情に変わった。

「大石進という剣術家に会い、試合をしてきたのです」

「なに、大石先生と……それはまた驚きだ。勝負はどうでした？」

「一番勝負でしたが、負けました」

「まあ、大石先生に勝つのは至難の業ですからな。それでこちらには何をしに見えられた？」

「わたしは江戸の千葉道場の者で、此度房州をひとまわりする武者修行の旅に来たのです」

「それはご苦労なことですな。当家にも腕に覚えのある者がいます。千葉道場と聞けば目の色を変えるでしょう」

そのことを契機に剣術話となり、大河は大石道場での顛末を話すことになった。

一方、徳次はおみつの実家のことを聞き歩いていた。なかなか聞き出すことができなかったが、吾妻という村に入って「万石」という石屋があったことがわかった。話をしてくれたのは、おみつの実家からさほど離れていないところに住んでいる中年の女だった。

浜で仕事をした帰りで、これから家に戻って木綿織の仕事があると言いながらも、あれやこれやと話をしてくれた。

石屋の万石は墓石や灯籠、門柱などを造って繁盛していたが、数年前から商いが減り、主は借金を拵えて払えなくなったらしい。その後体を壊して商売を長男に譲ったが、借金苦から抜け出せず、ついに商売をやめたという。

おみつのことを聞くと、

「大変なことになりましたね。可愛い娘だったのに、朝吉という漁師を唆して駆け落ちをしたという噂ですけど、とんでもない話です。ありゃあ、朝吉がおみつを騙して連れて行ったんですよ。それで、江戸でぽっくり逝ったと言うではありませんか。それもおみつが殺したんだという話になってるんです」

と、年増女は顔を曇らせた。

「それじゃ、おみつは悪者じゃないですか?」

「朝吉の親が悪いんです。おみつの親に、おまえの娘がうちの倅(せがれ)を殺したんだと乗り込んだり、そんな噂を村中に流したりしたんです。おかげでおみつのおっかさんは床に臥(ふ)せってしまい、暮れにぽっくり逝っちまいました。親の跡を継いだ長男がしっかりしてれば救いがあるんですが、とんだ遊び人でどうにもならない穀潰(ごくつぶ)しですよ。万石に借金を作ったのもその長男なんですから」

「その長男はどこで何をしてるんです？」

「わかりません。どこかよそへ行ってそのまま行方知れずです」

「それじゃ万石の家は……」

「もう人手にわたっています」

「それじゃおみつの実家はないんですね」

「そういうことです」

　徳次は年増女と別れると、空をあおぎ見てため息をつき、そのまま大河の待つ旅籠に戻った。

「徳次、いきなり試合をすることになった」

　部屋に入るなり、大河が振り返って言った。

五

大河は柳川藩の藩兵と試合をすることになった経緯をざっと話したあとで、おみつの実家のことはどこまでわかったと聞いた。

徳次は三十半ばの年増女から聞いたことを、そっくり話した。

「そういうことだったか……」

大河は深いため息をついて、自分がおみつと深い仲になったのは、天の悪戯（いたずら）だろうと思うしかなかった。

「それで試合はいつやるんです？」

大河は茶に口をつけてから言った。

「明日だ」

「ひょえー、明日ですか。話が早いですね」

「黒船が江戸湊にあらわれてから、その後、異国の船がやってくることはない。海岸の警固をしている藩兵は、暇を持て余しているらしい。海を見張っていても、いっこうに異国船の来る気配がないからもっともなことだ」

「それで、どこで試合するか場所は決まっているんですか？」

「富津というところに陣屋があるそうだ。明日は、そこへ行く」

外はもう暗くなりかけていた。

「いかほどかかるんでしょう？」

「三里ほどだと聞いた。徳次、体が鈍るといかぬ。稽古をするから相手をしろ」

大河は靄の漂う夕暮れの浜辺まで足を延ばし、徳次相手に稽古をはじめた。

翌朝、二人は宿で朝餉を取ると、そのまま富津陣屋に向けて出立した。

海岸沿いに往還を辿る。右側には穏やかな春の海がきらきらと陽光にまぶしい。遠くに冠雪した富士山が霞んで見える。

左側には小高い山が列なり、新緑に輝き、白い花が散見される。桜と辛夷であろうか。

「おみつは思い違いをされて、ひどい仕打ちを受けているんです。どうにかしてやりたいと思いますが、田舎の人は一度悪い噂を信じたら、それが真実だと思うんですよ」

徳次は昨日聞いた話を思い返して話す。

「おれは川越で生まれ育ったが、子供の頃から感じていることがある。田舎の人間は醇朴な一方で偏った性格を持っている。新しいものや新しい考えを受け入れようとしないし、江戸暮らしから帰ってきたやつがいると煙たがり、江戸ズレしていると蔑んだりする。このあたりの田舎もそれは同じなんだろう」

「誤解されているおみつが可哀想です」

大河はもう一度徳次を見た。

「おまえは心根がやさしいな」

「正直なことを申したまでですよ」

大河はひょいと首をすくめ、おみつはおれが幸せにすると、内心でつぶやいた。

その気持ちに偽りはなかった。

途中に粗末で小さな茶屋があったので、そこで一休みをして再び富津に向かった。

富津が近づいたところで、柳川藩の陣屋がどこにあるか訊ねると、海岸沿いに歩いて行けばすぐわかるらしい。

たしかに、しばらく行ったところで富津陣屋に辿り着くことができた。陣屋は七千坪ほどの広さで、陣屋敷と藩兵の長屋、そして砲台が備えてあった。

海に向けられている大砲は大・中・小あり、鉄砲櫓も拵えてあった。それだけを眺めると厳めしいが、陣屋にはのんびりとした空気があり、空を優雅に舞う鳶がのどかな声を落としていた。

大河が昨日話をした藩士は、亀沢幸作という男だった。亀沢は富津陣屋の出張所である木更津吾妻の「吾妻出番所」に用があって木更津にいたのだった。

その亀沢は大河を待っていたらしく、陣屋に入るなり小走りでやってきた。

「いやあ、ようおいでくださった。見えなかったらどうしようかと、ちょいと心配しておったんです。ささ、こちらへ。みなさんお待ちです」

亀沢は陣屋敷の前に案内した。そこには五十人ほどの藩士が待っていた。大河はいったい何人ほど詰めているのだと聞いた。

「百七十人ばかりです」

亀沢はそう言ってから、その内訳も話した。番頭と郡奉行が各一人、組頭と目付が各二人、物頭が三人、あとは平の藩士ということだった。

「房州の警固に就いている諸藩も、おおむね似たり寄ったりです」

亀沢はそう言ったあとで、屋敷玄関前の床几に座っている一人の男に声をかけた。

「河村様、千葉道場の山本大河殿です」

紹介を受けた大河は、河村の前へ行き、あらためて名乗った。

「番頭の河村泰之進だ。亀沢から話を聞いたが、柳川の大石道場で試合をやったそうであるな」

河村は四十前後の細身の男だった。切れ長の目がやや吊り上がっている。

「昨年、大石進殿に世話になりました」

「大石雪江殿と高鍋藩の柿原篤次郎を負かしたそうだな」

「二人には勝ちを譲りませんでしたが、大石殿には負けました」

「それは一番勝負だったと……」

「さようです」

「三番あるいは五番やったらどうであっただろうか……」

たしかに三番か五番やったら、どうなったかわからない。しかし、それを口にすればいいわけめいて聞こえると思い、

「一番でも負けは負けです」

と、答えた。

河村は北辰一刀流を知っていた。千葉周作の創立した玄武館のことも、弟・定吉が開いた千葉道場にも詳しかった。

「すると、貴公は定吉殿の門下であるか。定吉殿は因州池田家に召し抱えられていると聞いているが、道場は重太郎殿が差配されているのだな」

「さようです」

「山本殿は免許持ちであるか？」

「免許をもらって久しいです」

「それは頼もしい。この陣屋にも大石殿の指南を受けた腕自慢がいる。是非とも立ち合いを見物させてもらいたい」

「望むところです」

大河が余裕の体で答えると、

「では、早速にも支度をしてもらってもよいか？」

「かまいませぬ」

六

試合は早速始められた。

道具はないので、竹刀での寸止めで勝敗は決めることになった。検分役は陣屋詰めの染野信三郎という者だった。大石道場で鍛錬し、免許を持っているという。

その染野の合図で最初の試合がはじまった。

大河は相手の出方を見たが、隙だらけである。相手が打ち込んでくると、体をひねってかわし、あっさり小手を決めた。

二人目もさほどの腕ではなかった。ただ、気合いだけは威勢がよく、晴れた空に声をひびかせた。しかし、鍛錬が足りず、あっさりと大河に胴を抜かれる。

大河は手応(てごた)えを感じず、これでは徳次の相手にいいのではないかと思ったほどだ。その徳次は、地面に敷かれた筵(むしろ)に座って試合を眺めていた。

三人目はやたらと動きまわって、大河を翻弄(ほんろう)しようとしたが、無駄なことだった。大河が落ち着いて間合いを詰めていくと、逃げるように下がる。

スッと突きを送り込む動きをすると、さっと下がる。

「逃げてばかりでは勝負にならぬ！」

番頭の河村が焦(じ)れた声で叱咤(しった)すると、相手は焦って前に出てきた。大河はその場を動かずに懐に引き寄せると、打ち込んできた竹刀を払い落とすなり面を決めた。

「だらしないぞ！」

負けた藩士は河村に怒鳴られてすごすごと引き下がる。

四人目もさほどの技量はなかった。大河は好きに打ち込ませてかわしつづけ、相手を翻弄した。次第に相手は息が上がり、荒い呼吸をするようになった。

大河は汗もかいていないし、呼吸の乱れもない。そろそろ勝負をつけようと思い、先に詰めていってあっさり面を打った。

床几に座って見物している番頭の河村の顔が苦々しくなっていた。

「よし、最後は染野、おぬしがやれ。検分役はわしが務める」

河村は床几から立ち上がって庭に出てきた。検分役を務めていた染野信三郎が襷をかけて竹刀を持つと、

「一本ぐらい取って見せろ」

と、河村が檄を飛ばして「はじめッ」と、声を張った。

染野は先の四人とは違い、構えに隙がなかった。中肉中背で歳は四十を少し過ぎているぐらいだろうか。黒く日に焼けた顔にある目を鋭く光らせ、大河との間合いを詰めてくる。

大河は竹刀を中段に取り、鶺鴒の構えに入った。竹刀の切っ先が鶺鴒の尾のように微妙な動きをする。だが、染野の目に戸惑う様子はない。

（ほほう、こやつなかなかできる）

大河は張り合いのある相手がやっとあらわれたかと思い、内心でつぶやきを漏らして楽しくなった。

染野が先に面を狙って仕掛けてきた。大河は横にいなす。すぐさま染野が突きを送り込んでくる。横に払い落とす。

引き結んだ染野の口が悔しそうにねじ曲がり、ハッと大きな息を吐いた。

大河が詰めていったのはそのときだった。間合いに入ったとき、さっと染野は下がった。打ち込まれるのを警戒したのだ。だが、大河は摺り足で詰める。

染野は攻防一体の中段の構えで下がりつづける。

「何をしておる！」

検分役に代わった河村が苛立った声を発した。

染野の額に浮かんだ汗が幾筋も頬に流れていた。大河はわざと竹刀を上段に移し、胴をがら空きにした。しかし、染野は打ち込んでいけば面を打たれると察知したらしく、詰めようとした足を止めて、右八相に構え直した。

大河は竹刀をゆっくり下げて中段で止め、さらに右下段に構えた。今度は小手を開けた恰好である。

しかし、染野は打ってこられないでいる。日に焼けた黒い顔が赤くなっており、顎から汗がしたたり落ちていた。

大河はさっと間合いを詰めた。そのとき、染野が竹刀を投げるように落とし、そ

の場に両手をついて頭を下げ、

「まいりました」

と、潔く負けを認めた。

河村はあきれたと言わんばかりの顔でかぶりを振り、

「山本殿さすが千葉道場の免許持ち。天晴(あっぱ)れでござった」

と、大河を褒めた。

「お相手させていただき、礼を申します」

「どうです。しばらく休んで行かれませんか。それとも急ぎの旅でありましょうか？」

河村はさっきの苛立った顔を消し去り、好意的な表情で訊(たず)ねた。

「いえ、少し休ませていただければありがたいです」

七

江戸お玉ヶ池、玄武館道場――。

桜が散っていた。玄武館に通ってくる門弟らは陽気がよくなったせいか、いつもより熱心に通ってくる。

千葉道三郎は宗家を継いで久しいが、ようやく道場師範としての自覚と道場経営に自信を持つようになっていた。この頃「塾頭」と呼ばれるようになった師範代にも困ることはなく、余裕もできた。

それは親しくしている桶町千葉道場の山本大河が、二度目の武者修行に出て間もなくのことだった。

道三郎は稽古に励む門弟をよく観察しているが、このところ気になる者たちがいる。主に水戸家の子弟であるが、清河八郎の行動が気にかかっていた。

水戸家の子弟はそのほとんどが、水戸学と藩の影響を受けており、尊皇攘夷に傾倒している。道三郎自身も水戸家に召し抱えられている手前、尊皇攘夷の考えはよくわかっていた。されど、道場にその思想を持ち込まれるのは控えてもらいたい。道場は神聖でなければならぬし、偏った思想は武道精神の邪魔になると考えている。

その日、桶町から重太郎がやって来てしばらく茶飲み話をして帰っていったが、やはり重太郎もこのところ門弟らが、幕府の政事を非難したり、諸藩の志士の結託が必要などと話したりしているらしい。

——いわば、足軽身分の下士である連中が、お上のやり方にケチをつける。はたまた浪人身分である者や町人らも尊皇だ攘夷だと騒ぎ立てる。慎むように諭してはいるが、どうにも按配がよくない。

重太郎は帰る間際にそんなことを漏らした。

道三郎もそのことは薄々感じていた。そこで、目につくのが清河八郎であった。彼は本来であるなら玄武館には入門できない身分であった。桶町千葉道場は町人や百姓でも入門を許すが、玄武館は幕臣か武士の子弟のみを取っていた。

郷士の倅である清河はいわゆる浪人身分である。特例的に入門が許されたのは、山形にある実家が庄内きっての素封家であることと、清和源氏の流れを汲む家柄があって優遇されたのだった。

しかし、清河は道場に自分の思想を持ち込み、門弟らを勧誘している節があった。山岡鉄太郎などはいまや清河に傾倒しているほどだ。

そんな姿を見ると、

(大河のように剣術一途の馬鹿が好ましく思えてならぬ)

ということになる。

道三郎は重太郎が母屋から辞去して間もなく道場に出た。気になっている清河が、山岡と数人の門弟と車座になって、道場隅で熱心に話をしていた。

　道三郎は眉間（みけん）にしわを寄せてから、

「清河」

　と、声をかけてそばに呼んだ。

「何でございましょう」

「少し話をしたい。ついてまいれ」

　道三郎はそのまま母屋に清河を連れて座敷に戻った。

「清河、道場に何をしに来ているのだ？」

　道三郎は向き合って座るなり、清河をまっすぐ見て問うた。

「剣術の修行でございます」

　清河は落ち着いて答える。

「道場で天下国家を論じるためではないのだな」

　清河はわずかに眉（まゆ）を動かした。六尺あまりの堂々とした体軀（たいく）には、道三郎にはない貫禄（かんろく）がある。

「天下を論ずることはありますが、道場においては慎んでいます」

「そなたは塾を開いている。天下国家を論じたければ、その塾でやってもらいたい。

道場は神聖なる剣術の稽古場だ。そのこととくと心得てもらいたい」

「承知いたしました。ご宗家に窘められるとは思いませんでした。わたしの不徳のいたすところです」

清河は拍子抜けするほど素直であった。そのことで道三郎は清河の考えに興味を持った。だからこう言った。

「ここは道場ではない。母屋の座敷だ。いったい天下の何を話しているのだ？」

今度は切り返された清河がにわかに驚き顔になった。

「かまわぬ教えてくれ」

「では、申し上げます。ご宗家は清国で起きたことをご存じでしょうか？」

「詳しくは知らぬ」

「清の国はイギリスに不当な条約を押しつけられ、ついには国の一部を乗っ取られました。それにつづけとばかり、アメリカもフランスも清国にとって不利な条約を押しつけています。清が許した開港場には租界が設けられ、異国は我が物顔で闊歩していると言います。畢竟、清は不平等な条約を押しつけられたがために、国益を損なっているのです。もし、同じようなことが日本にあったなら由々しきことです」

「よくそんなことを知っておるな。そなたが学問に熱心なのは知っているが、いったいそんな話をどこで聞いてくるのだ？」

「すでに周知のことです」

道三郎は片眉を動かした。

「誰もが知っていると申すか？」

「目の開いた人はよく知っていらっしゃいます。水戸の殿様も鳥取池田家も、長州も薩摩も然りです。幕府はアメリカの条件を吞み、此度新たな条約を結ぼうと京に上って勅許を得ようとまでしましたが、うまくいきませんでした。さりながら、先般大老に就任されました井伊掃部頭様は開国をやむなしとお考えの方。掃部頭様は幕閣に強い影響を与える力のある方らしいのです」

清河が言うのは、彦根藩主・井伊掃部頭直弼のことである。

「大老ひとりで幕府は動かぬ。その上には上様がいらっしゃる」

清河はふっと口の端に笑みを浮かべた。

「将軍家定様はただの飾りです。幕府を動かしているのは大老以下のご老中らです。家定様の後継も誰にするかとごたついていると申します。言葉は過ぎますが、いまの幕府は昔のように安泰ではありません」

「もうよい。わかった。わたしはその方面には疎い。さような話はそなたの塾で大いに語ればよいこと。道場では禁ずる」

道三郎ははっきり言った。

「ふつつかなことを申し上げ失礼いたしました。向後はご宗家の言葉を肝に銘じ、稽古に精進いたします」

清河は深く頭を下げて道場に戻っていった。

ひとりになった道三郎はゆっくり腰を上げて、縁側に立って空を眺めた。ああいう話は苦手だ。ご宗家などとのたまいやがって、他に言い方があるだろうに。清河は見所のある男だが、扱いにくい男でもあると、胸のうちでつぶやき、

「あの馬鹿はどこにいるのだ？」

と、言葉にした。

馬鹿とは大河のことだ。道三郎は剣術家であるゆえ、ただひたすら剣術一途の大河のような男を好ましく思う。

「馬鹿はどこにいるのだ」

しばらく顔を見ないと淋（さび）しくなるのはどういうわけだと、道三郎は苦笑した。

第七章　房州路

一

「やっぱり海はいいな」

大河は砂浜にどっかりと座って外房(そとぼう)の海を眺めていた。陽気もよいが、潮風が気持ちよかった。

「旅とはいいものですね」

徳次も横に座って海を眺める。

大河は富津陣屋で試合をしてから、海沿いに房州の岬をまわり外房に来ていたのだった。その間に、岡山(おかやま)藩の陣屋や岩槻(いわつき)藩が管轄している台場や遠見台を見てきた。

警固に就いている藩士は誰もが暇そうで、なかにはおれたちは左遷させられたと不平を漏らす者もいた。

彼らは異国船を見張っているのだが、そんな船の姿も形も見ないと口を揃える。陣屋や台場に詰めている藩士には厭世感があった。

岡山藩の者は江戸への参勤だけで嫌になるのに、またさらに国許から離れた地で見張りとも言えない見張りをしなければならないと、不満たらたらであった。

それでも陣屋や大砲を備えた台場に詰めて、欠伸をしながらのお役目である。大河も愚痴を聞きながら、無駄な役目だと思った。

どこの陣屋にも百五十人前後の者が詰めていたが、剣術の腕達者はいなかった。大河はさりげなく、自分と立ち合う者がいれば相手をすると誘いをかけたが、暖簾に腕押しであった。

これでは武者修行にならないと、海岸を離れ内陸にある鶴牧藩に入ったが、そこも同じであった。

その後、鶴牧藩領内・椎津村にある瑞安寺を訪ね、武者修行の旅をしている者だがしばらく逗留させてくれないかと頼むと、住職は意外にもあっさり承諾してくれた。

大河と徳次は庫裏の一部屋をあてがわれ、しばらくそこに留まった。大河が本堂にて座禅を組んで一日の大半を過ごせば、徳次は近くの村を歩きまわったり自己鍛錬に励んだりした。

しかし、熱心に座禅を組む大河に、ある日寺の住職が言った。

「ここは禅寺ではございません。禅をやりたければ、禅宗の寺に行かれるがよい。しかし、武者修行の旅に禅修行も兼ねておられるのか？」

大河は答えた。

「剣は心だと教わった。それを知るには禅をやれと勧められもした」

住職はなるほどとうなずきはしたものの、

「禅をやって剣技が磨かれるとは思わぬが、それは人の勝手であろう。そもそも禅とは言葉の遊びに過ぎぬ。拙僧はそう考えておる」

と、大河も懐疑的に思っていることを口にした。

瑞安寺は浄土宗で、鶴牧藩水野家の菩提寺である。そこの住職の言葉に大河は納得した。禅で剣術が強くなるなら世話ないと思っている頃だったのだ。座禅を組んでも頭には雑念ばかりが浮かび、心を空白にすることなどできなかった。

ならばこの寺にはもう用はないと思い、再び外房に戻ることになり、九十九里浜（くじゅうくりはま）に面している一宮（いちのみや）という村に逗留していた。

「徳次、そろそろはじめるか……」

大河は尻を払って立ち上がった。

「お願いいたします」

徳次が笑みを浮かべて立ち上がり、諸肌を脱ぎ、袋竹刀を取り出して真砂を洗う波打ち際まで歩いて行った。大河はゆっくりとそのあとにつづき、

「素振り千回、はじめッ！」

と、声を張り上げた。

徳次が素振りをはじめる。

エイッ、エイッ、エイッ……。大河はその様子をしばらく眺めてから、同じように素振りをはじめた。

徳次は竹刀だが、大河は子供の頃から使っている手製の重い木刀である。もうその重さも感じなくなっている。

大河が徳次に供をさせたのは、旅先で稽古をつけてやるという思惑もあった。徳次の父親・吉田屋五兵衛には何かと世話になっている。また、ことあるごとに資金提供者のように融通してくれる。

それも、徳次を一人前の剣術家にしてもらいたいという思いがあり、また大河は

五兵衛からそのように頼まれてもいる。

すでに季節は五月に入っており、夏の日が容赦なく照りつけていた。深緑の森や林からは鳥の声が沸き立っている。

二人は素振り千回を汗だくになって終えると、砂浜に座って息を整えた。徳次は道場に来たときには、素振り百回もできなかったが、大河に鍛えられるうちにようやく千回をこなせるようになっていた。

しかし、その先が問題だった。技量の進展がまるで蝸牛並なのだ。あとから入ってきた門弟にどんどん追い抜かれ、いまだに「初目録」を取れないでいる。

北辰一刀流は開祖の千葉周作が、免状制を簡素化し「初目録」「中目録免許」「大目録皆伝」の三段階にしている。

大河はこの旅において、徳次の技量を上げさせ「初目録」を取らせたいと考えていた。

「よし、打ち込みをやるぞ」

大河は立ち上がって波打ち際に進む。砂浜は足が埋まるが、波打ち際は幾分硬いので立ちやすい。それでも踏ん張りが利きにくいので動きが鈍くなり、体力も消耗する。

徳次はすぐに音を上げていたが、いまは口を引き結んで大河の稽古についてくる。

「それ、もっと早く、もっと強く打て」

大河はここを打てと、打突部位を開けてやる。徳次はそこを狙って打ち込んでくる。小手や面を打ってきても、大河はすんでのところで受ける。

徳次は全身に滝のような汗を流しながら稽古に耐えつづけた。

「明日、出立しよう」

大河が思いついたように言ったのは、その夜のことだった。

「え、いきなりですか？」

徳次が頓狂な顔を向けてきた。

「ああ、もうおまえの稽古もやるだけやった。それにいつまでもこの家の世話になっているわけにはいかん」

大河は台所仕事をしている女房を振り返った。

今助という百姓夫婦の家に世話になって一月はたっていた。女房はおさとと言って世話好きだった。

「明日、お発ちですか……」

大河の声が聞こえたらしく、隣の部屋から今助がやって来た。

「長々と世話になったが、これ以上旅の足を遅らせるわけにはいかん」

「それでつぎはどこへ行かれるので……？」

「上総にはこれといった剣術家は見あたらん。下総まで足を延ばすつもりだ」

「さようですか。おいおさと、山本さんと徳次さんは明日発たれるそうだ」

今助が声を張ると、耳の遠いおさとが振り返った。

「そりゃまた急ですね。もう少しゆっくりなさったらよいのに……」

おさとは残念そうな顔をした。

その夜、今助がどぶろくを振る舞ってくれ、大河と徳次は二人で一升を空けた。

今助やおさとの話は、浜で行う地引き網漁や裏にある小さな畑で育つ野菜の話がほとんどだ。

毎日同じような話だが、大河はその長閑な話に心地よさを感じていた。ここでは攘夷だ、勤王だなどといった話は皆無である。

老夫婦はぎすぎすせず質素ではあるが、のんびりと二人だけの暮らしを楽しんでいるのだった。

翌朝、おさとが作ってくれた朝餉を食べると、大河と徳次は一宮村を離れた。

二

江戸、淡路坂——清河塾。

面白い男がいる。是非にも清河に会わせたいと山岡鉄太郎に言われたのは三日前のことだった。

そして、約束どおり鉄太郎がひとりの男を連れて来た。名を有村次左衛門と言った。まだ二十歳の青年だ。

「薩摩の人でしたか」

清河は鉄太郎から紹介を受けて有村を眺めた。

「同じ玄武館に通っているのですな」

清河は年齢差に関係なく丁寧な言葉を使う。

「国許では示現流を修めましたが、北辰一刀流は薩摩にも聞こえていますので、是非にも習いたいと思って入門を許してもらいました」

「お目にかかったことはありませんが、道場には門弟が多いからでしょう」

清河はそう言ってから女中が運んできた茶を、有村に勧めた。

「あの、清河さんは攘夷を唱えていらっしゃるのですね」

有村は茶に口をつけるなり、そんなことを言った。清河が見返すと言葉をつぐ。

「井伊掃部頭様が大老になられて、幕府はおかしくなっています」

「…………」

清河はじっと有村を見た。この男、憂国の志士かと思った。

「将軍家定様の後継をどうするか、幕府内で揉めていたことはご存じですか？」

「無論知っていますが、細かいところまではわかりません。人伝に聞いているだけなので、真実はどこにあるか……それは不明です」

「それで、どうなったかは耳にされましたか？」

「うむ、紀家の慶福（のちの家茂）様が選ばれたと聞いています」

「それは掃部頭様の力です。薩摩は一橋家の慶喜様を推していました。玄武館と深い間柄の水戸家もそうだったはずです。さりながら、掃部頭が権柄ずくで決めたのです」

若い有村は憤激しているらしく、掃部頭を呼び捨てにした。

「掃部頭一党は開国やむなしと言って、アメリカとの条約を結ぶつもりです」

「ちょっと待ってくだされ。有村殿はなぜそのようなことをご存じなのです？」

当然の疑問であり、ひょっとすると有村が薩摩藩の若い重役ではないかと訝ったからでもある。

「わたしは有村家の四男坊で家督の継げぬ部屋住みですが、兄の俊斎（のちの海江田信義）は藩主やご家老らと昵懇の仲です。その兄からいろいろと教えを受けています」

「すると、幕府内のことは薩摩島津家にも聞こえているのですね」

「江戸に在府中の大名家の諸士は皆知っているはずです」

「納得いたしました。島津家の方たちが、江戸の水戸屋敷に出入りされているのは存じています。しかし、掃部頭様が大老になられたからといっても、アメリカとの条約を結ぶとは思えません。ご老中は勅許を得るために京に上られましたが、朝廷に撥ねつけられ、江戸に戻られています」

「されど、アメリカ領事のハリスは幕府に条約を結ぶように執拗に迫っています。調印を拒めば、戦もやむなしという脅しをかけてもいるそうです。掃部頭や側近は弱腰で、いまも開国に向けての評定をつづけています」

「すると、掃部頭様ご一党はあくまでもハリスの突きつけている条件を呑むということであろうか」

鉄太郎だった。

「それには天皇を口説く必要がある。しかし、天皇は拒まれたのだ。条約に調印するとしても、それはまだ先のことであろう」

清河は扇子を開いて胸元に風を送った。軒先に吊(つる)している風鈴が、ちりんちりんと音を立てた。

「先のことであっても、開国するということになります」

有村は憤激した顔になっている。血気盛んな青年である。

「では、いかがしたらよいとお考えですか？」

清河は問うた。

「わたしには難しいことです。しかし、兄はこう申しております」

有村はさっと顔を上げて清河に澄んだ目を向ける。

「将軍家に勅許を出してはならないと、朝廷側を口説くしかないと」

「朝廷を口説く……。それはまた大それたことですな。わたしごとき男にできることではない」

「できるかもしれませぬ」

有村は目を光らせて、一膝(ひざ)詰めた。

「朝廷を口説くのは大名か、それに準ずる方でなければできることではありません。また、その大名を口説くのはご家老など各藩のご重役連です。その重役たちを……」

有村は言葉を切って、部屋の隅といわず、そのあたりに積んである本類を一眺めしてからつづけた。

「清河さんは学問のある方。だから塾を開いてらっしゃる。学ある方の見識に耳を傾ける諸藩の重役は必ずいるはずです」

なるほど、と清河は内心でうなった。有村の言いたいことはわかる。鉄太郎が面白い男がいると言ったのも、いまになってわかった。

「もしや、わたしにその重役たちを口説けとおっしゃるか……」

「清河さんならできるはずです」

有村は焚きつけるようなことを口にしたが、清河は悪い気はしなかった。できることならやってみたいと思いもする。しかし、思いとは裏腹な返事をした。

「考えておきましょう」

「国を動かすのは、幕府ではありません。わたしのような若い尊皇の志士にもできると思っています」

「たしかに、無理ではないでしょう。そんな世の中の流れになっているはずです」

「有村、清河さんは常からこうおっしゃっている。世の中は武士が変えるのではない。百姓や町民、職人、浪人らが一致団結すれば変えることができると……」

鉄太郎だった。

「わたしのような下士も一枚加わります」

「もっともなこと」

「清河さん、また遊びに来てもようございますか。つぎはここでご教授なさっていることを、わたしにも教えていただきとうございます」

「いつでも歓迎いたしますよ」

清河は柔らかな笑みを浮かべて答えた。

有村は藩邸に戻らなければならないと言って、先に帰っていった。

「苛烈(かれつ)な男だな」

有村が去ったあとで清河がつぶやけば、

「ああいう藩士は少なくありません。わたしを含めて……」

と、鉄太郎が応じた。

三

「徳次、まだ先か？」

大河は山道で立ち止まって周囲を眺めた。そこは、鬱蒼と茂った木々の葉に覆われた間道であった。鳥たちの声がほうぼうから聞こえてくる。

「この山を越えたら大多喜のはずです。さっきの百姓は城が見えると言いましたから、じきに見えてくるはずです」

「そうか、では行くか」

大河は再び歩きはじめた。

一宮から海岸沿いに北のほうへ向かったが、大網という地に着いたところで、

「武芸者なら大多喜の殿様が大勢抱えてらっしゃいますよ。武者修行なら大多喜に行かれるとよいでしょ」

と、大網に小さな店を構える老爺が勧めた。

大河は老爺の勧めに従い、北へ向けていた草鞋の先を急に反対に向け、大多喜を目指していた。一宮を発って十日はたっていた。

「大分歩いたな。城下に入ったら一休みしよう。そこでいろいろと話は聞けるだろう」

「へえ、そうしましょう。いささか、わたしも草臥(くたび)れました」

徳次が荒い息をしながら、拭(ふ)いても拭いても噴き出てくる汗をぬぐう。

それから小半刻(こはんとき)ほどしてようやく大多喜城下に辿(たど)り着いた。城があると聞いていたが、天守のない小さな造りだ。城下もこぢんまりとしており、さほどの賑(にぎ)わいもなかった。

「小さな町だな。こんなところに名うての剣客がいるのか……」

大河は疑わしそうな目をして町家を眺めた。両側に商家はあるが、どの店もうらぶれていてくすんで見える。長年風雨にさらされた戸板や板壁は傷みが激しく、茅(かや)葺(ぶ)きの屋根も水と煙と埃(ほこり)を吸って黒くなっていた。

「山本さん、とにかく宿を探します」

徳次が近くの店を訪ね、すぐに戻ってきた。

「宿外れに旅籠(はたご)があるそうです。行ってみましょう」

宿往還は狭く、そして短かった。侍に出会うことはない。城はたしかに小高い山の上にあるが、小さな城だった。

　宿場の外れにたしかに旅籠があった。その旅籠も小さく、とても繁盛しているとは思えなかった。だが、文句は言えないので、手垢と埃で汚れた暖簾をくぐった。

「無駄足を踏んでいるが、無駄にならぬようにしないとな」

　茶を運んできた年増女中が下がると、大河は胡座をかいて徳次に言った。

「ええ、無駄にはなりませんよ。それにずいぶん歩きましたし、それも山道でしたから足腰の鍛錬になったはずです」

　徳次はいつの間にか真っ黒に日に焼けていた。そのせいで顔も体も引き締まって見える。

「ものは言いようだ。明日にでも相手を探して試合をしたい。徳次、帳場に行ってその算段をどうつけたらよいか聞いてこい」

　大河が命じると徳次は客間を出て行った。畳はささくれ、いまにも黴が生えそうで、唐紙はくすんで湿気っており、一部は破けたままだった。障子も然りだ。

　しばらくして徳次が戻ってきた。

「山本さん、剣術なら明善堂を訪ねたらよいらしいです」

「それはどこにあるんだ？」

「城のなかだそうです」

「城のなか？」

浪人の分際で大名家の城を訪ねるのはよほどでないと難しい。そのことを口にすると、

「いえ、明善堂には藩士だけでなく領民たちも通っているそうです。それでこの宿の倅が明善堂で学問を習っているので口を利いてくれると言われました」

「倅と話ができるのか？」

「じき帰ってくるので、引き合わせると主が言っています」

「そうか、それは何よりだ」

表がようよう暮れ、鳴いていた鶯の声がおとなしくなった頃に、兼助という宿の長男が挨拶に来た。小柄で華奢な体つきをしており、さらに両眉が頼りなげに下がっていた。

大河が旅の趣旨を簡単に話すと、

「明善堂でも武芸は盛んでございます。わたしは家業を継ぐ手前、算術と筆道を主に習っていますが、千葉道場の方なら武術師範も歓迎されるはずです」

と、兼助は頼もしいことを言う。

「明日にでも話をしてくれぬか」

「ようございます」

兼助はあっさり引き受けてくれた。

そして、翌日の昼前に、兼助が城から急ぎ足で帰ってきて、

「山本様、吉田様、師範から喜んで腕試しをさせてもらいたいという返事をいただきました。中食のあと、わたしがご案内しますが、早すぎますか……」

と、不安そうに目をしばたたく。

「いや、かまわぬ。望むところだ」

帳場裏の広座敷で簡素な昼餉を食べ終わると、大河と徳次は支度にかかった。

「徳次、おまえも立ち合ってみるか。少しはこの旅で腕が上がっているはずだ」

「試してみたいと思っていたんです。やらせていただければ喜んで」

徳次は目を輝かせた。

「ただ、様子を見てからだ」

支度を終えたところで、兼助が迎えに来た。

大多喜城は緩やかな坂道を上った丘の上にあったが、大河はその道すがら気になる店を見つけた。

「あの店は何だ？」

兼助に訊ねると、

「手前の旅籠は外れにありますが、ここは桜台という町でちょっとした色町です。殿様のご家来や旅の人に重宝されています」

と、教えてくれた。

「飯盛り宿か……」

「そうです」

大河は今夜はこの色町に繰り出そうと、ひそかな悪戯心を起こした。

四

明善堂は城内三の丸にあった。三の丸と言っても長屋風の建物があり、広い庭がある程度だ。欅や楠、あるいは松や竹が多聞櫓の脇にあり、燕が庭を飛び交っていた。

「千葉道場のご門弟と聞き、楽しみにしておりました」

大河と徳次を迎えたのは、森口新左衛門という武術師範だった。その他に門弟三十人ほどが控えていた。

「失礼を顧みず急な訪い申し訳ございません」

大河は慇懃に挨拶をして、自分と徳次を紹介した。

「千葉道場とは少なからず当家はご縁があるのだ。と、申すのも、駿河台に私塾を開き、いまは昌平黌の学者である安積艮斎先生の弟子には、千葉道場の門弟がいるからだ。もしや、そのほうも安積先生をご存じか？」

「いえ、わたしは無学なもので……」

と、大河は答えながら、たしか清河八郎が安積艮斎の弟子だったことを思い出した。

「さようか。それで、武者修行とは勇ましいが、腕のほうはたしかであろうな」

森口は見縊ったようなことを口にする。人を見下す態度でもある。年は四十半ばだろうか。大河はおれとは肌の合わぬ相手だなと思った。

「わたしは免許をいただいていますが、この者はまだ初目録の手前です」

森口は大河から徳次に視線を移し、ふんと鼻を鳴らした。そんな若輩を連れて来たかという顔だ。

「まあ、ここには稽古熱心な者が何人もおる。存分に相手をしてもらおう。おう、みんな天下に名高い千葉道場の免許持ちに相手をしてもらうので、心してかかれ」

森口の弟子たちは「おう」と、威勢のよい声を揃えた。それぞれ尻端折り（しりはしょり）をして襷掛け（たすきが）けに鉢巻きをしていた。

「当家では道具は使わぬ。寸止めでやるが、かまわぬな」

「いっこうに……」

「寸止めでもあたることがある。もし、そうなっても文句はなしだ」

「承知です。ただし……」

「なんであろう？」

森口は眉宇（びう）をひそめた。

「わたしの突きは強うございます。まかり間違ってまともにあたれば耐えられないので、せめて胸当てをつけてもらえませんか」

「小癪（こしゃく）な。その必要はない」

「いえ、お願いします。おわかりいただけぬなら、試しに誰か胸当てをつけてわたしの前に来てもらえませんか」

森口は不服そうな顔をしたが、よし誰か相手をしろと指図した。

ひとりの男が急いで胸当てをつけ、大河の前に出てきたので、好きにかかってこいと促した。

相手は口をへの字に曲げるや、竹刀を構えたと同時に上段から打ち込んできた。大河がスッとその懐に入ると、激烈な突きを打ち込んだ。

「あわっ」

まともに突きを食らった相手は、一間ほど後ろに吹っ飛び、口から泡を吹いた。仲間が慌てて介抱にあたったが、突きを食らった男はしばらく気を失ったままだった。

それを見た森口はさすがに顔色を変え、

「わ、わかった。胸当てをつけるのだ」

と、門弟らに命じた。全員が胸当てをつけると、大河はさらに言葉を足した。

「まずは吉田徳次を相手にしてもらえませぬか」

「なに、吉田殿は目録を受けておらぬのだろう。それでは稽古にならぬ」

「森口様、千葉道場を甘く見ないでください。負けてもかまわないので、吉田徳次に一手だけでもよいので願えませんか」

森口は渋い顔をしたが、そこまで言うならよかろうと、門弟のひとりを名指しして、徳次と対戦させることにした。

早速試合がはじめられた。徳次は青眼、相手は青眼から上段に構えを移した。

徳次がじりじりと間合いを詰めていく。相手もそれに合わせて動いた。先に徳次が仕掛けた。小手打ちである。かすった。徳次はさっと竹刀を引きつけてつぎの攻撃に備えた。

そのとき、相手が一足飛びで打ち込みに行った。徳次は右へ体を傾けながら、小手を打った。決まりである。

勝った徳次は目をまるくして、信じられないという顔をした。うなずく大河を見ると、嬉しそうに口許をゆるめる。

「いまだ初目録をもらっておらぬ男です。もうひとり誰かお相手できませぬか」

大河は居並ぶ門弟たちを見て言った。

徳次と似たような小太りが前に出てきた。「さあ」と、威勢のよいかけ声を発すると、右左右左と連続で面打ちの攻撃を仕掛けた。

徳次はことごとく左右にいなし、突きを送り込んで勝負を決めた。大河はこのことで、ここには自分の相手はいないと見抜いた。それでも森口は強気なことを言った。

「山本殿、そなたの腕を見たい。相手を願う」

「では……」

大河は徳次に代わって前に出た。一人目はあっさり胴を抜いて勝ち、つづく相手には面を打ち込んで決め、三人目は引き寄せて小手を打った。

つづけざまに十人と対戦したが、誰ひとり大河の体に竹刀をあてることもできず、あっさり負けていった。

気づいたときには、誰もが大河の強さに兜を脱いだへたり顔をしていた。

さも自信のあることを言っていた森口も、さすがに顔色を変えていた。

「山本殿、恐れ入った。千葉道場のご門弟の力を見せつけられました。ここにいる者らはまだまだ修練が足りぬようです」

「稽古次第でみなさん強くなるはずです。鍛練を積んでください」

大河は森口と、その配下の弟子たちに一礼をして下がった。

「山本殿、いつまでこの地におられるつもりだね？」

森口が訊ねてきた。

「長居はしません」

「できれば、ここで稽古をつけてもらえぬかな。いや、長く引き止めるつもりはござらぬが、せめて二、三日でも付き合っていただけるならありがたい」

森口は言葉つきを変えて下手に出てきた。

「申し訳ございませんが、つぎの旅がありますす故、ご容赦のほど……」

強い相手がいなければ、大河には用はない。まして、剣術指南をするつもりなど毛頭なかった。

城をあとにすると、徳次が嬉しそうな顔を向けてきた。

「山本さん、二人に勝ちました。腕が上がったんでしょうか？」

「さあ、それはどうかな。だが、前よりはましになった」

徳次は急にしゅんとなった。

「だが、今夜はおまえの勝ちを祝ってやる」

そう言うと、たちまち徳次の顔に笑みが広がった。

五

その日の夕刻、兼助の旅籠（はたご）はそのままにして、日が暮れると大河は徳次を誘って、桜台という花町に繰り出した。暗いせいか、そして軒行灯（あんどん）のぼんやりした灯（あか）りのせいか、その町にある居酒屋がなんとはなしに華やかに思えた。酔客の笑い声が開け放されている戸から漏れてくる。

大河は二階建ての「いさり」という店に入った。一階は入れ込みで、女中たちが客の注文を取り、酒や料理を運んでいた。客の入りは五分と言ったところか。町内の若い者や年寄り、職人らしき客の他に大多喜藩松平家の家来らしい顔もあった。

「徳次、おまえ女を知っているか？」

一合の酒を飲んだところで大河が訊ねると、徳次はとたんに「うっ」と、呑んだ酒を噴きこぼしそうになった。

「いきなりなんです？」

「知っているかと聞いているんだ」

「いや、それは……わたしは奥手なので……」

徳次はもじもじと恥ずかしそうに視線を落とす。大河はにやりと笑い、

「今日はおまえの勝ちを祝っての酒だ。女の味を知るのは悪くない」

と、茄子の浅漬けを口に放り込んだ。ちらりと廊下を見ると、一人の客がさっきまで酒肴を上げ下げしていた女中と二階に上がっていった。女中は二階で春を売っているのだ。

「徳次、おまえの好みの女中はいないか？」

大河が酒を飲みながら聞くと、徳次は視線を店のなかにめぐらして、日焼けした顔を赤くし、

「わたしは女を選(よ)り好みするようなことは……」

できないと、ぼそりとつぶやく。

「何だ、男らしくねえな。旅の恥はかき捨ててよいのだ。遠慮するな。おまえの勝ちの祝いだ」

それでも徳次は照れ臭そうにもじもじする。焦(じ)れた大河はそばを通りかかった女中の袖(そで)を引いて呼び止めた。

「相手をしてくれるか？」

大河が低声で問うと、二十代半ばと思える女中は少し勿体(もったい)をつけたあとで、

「一切り二百文」

と、囁(ささや)くように答えた。

「徳次、話はついた。女、こいつを二階に案内してくれ」

女中は大河が相手でないと知り、少し目をまるくしたが、「少々お待ちを」と言って、料理を下げて板場に消えたかと思うと、すぐに廊下にあらわれて目配せをした。

「徳次、あの女についていけ。ほら、行かぬか」

大河が膝をたたくと、徳次は少し緊張の面持ちで廊下に出て行った。大河はそれを見送ってから酒に口をつけた。

自分でも女を買おうかと思ったが、ふと脳裏におみつの顔がちらついた。遠慮することはないのだが、今夜は我慢だと自分に言い聞かせて独酌をしながら徳次を待つことにした。

「山本さんですね」

ふいに声をかけてきた男がいた。色白の若い男だった。

「なぜ、おれのことを……」

「今日、明善堂で試合をされたでしょう。わたしもあそこにいたのです」

大河は男をあらためて見た。覚えていないから、立ち合った男ではないようだ。

「松平家の同心・浅沼真一郎と申します。山本さんの技量にはまったく感服いたしました。どうぞ、お近づきの印に……」

浅沼はそう言って大河に酌をした。

「これは相すまぬ」

「今日は手応えがなかったのではございませんか。誰も山本さんの足許にも及ばなかった。明善堂には手練れはいませんから、無理もないことです」

周囲はガヤガヤとにぎやかで、二人の話を気にする者はいない。

「そなたも剣術を……」

「やっていますが、恥ずかしながら今日山本さんと試合をした者たちと、おっつかっつでしょう。それでどのあたりをまわって見えたのです」

浅沼は妙に人なつこいが、追い払うほどの嫌みな男ではなかった。

「木更津から富津陣屋へ行き、それから海沿いの道を辿って海防のお役をしている陣屋や台場を訪ねてきたが、相手はいなかった」

「海防の役に就いているのは、取り得のない者ばかりだと言います。異国の船なんてこないのですから、諸国大名家も数を揃えているだけでしょう」

「どこかに手練れはいないかな」

大河がぼそりとつぶやくと、

「阿部家の誠道館はご存じありませんか？」

と、浅沼は酒でほんのり赤くなった顔を向けてきた。

「いや、知らぬ」

「でしたら行かれるとよいです」

「どこにあるのだ？」

「佐貫です。富津陣屋からほどないところですよ。佐貫阿部家のご家来には腕の立つ人が幾人もいます」

「富津の近くの阿部家……」

大河はこれはしたりと、内心で舌打ちした。佐貫藩のことをすっかり失念していた。江戸を発つ前に徳次も佐貫藩のことは口にしていたのだ。

「さようです。逸見、半澤という二人はこのあたりではかなり名が通っています。相手が山本さんならいい勝負になると思います」

「逸見、半澤だな」

「千葉栄次郎様や桃井春蔵様も誠道館で試合をされたと聞いています」

「なに、それはほんとうか……」

「嘘ではありませんよ。もうずいぶん前のことでしょうが、千葉道場の免許持ちだとおっしゃれば、おそらく歓待されるはずです」

これはいいことを聞いたと思った大河は、もうその気になっていた。

「房州には他にも手練れがいると思うが、浅沼殿はご存じないか？」

大河が問うと、浅沼は少し考えてから、思い出したという顔つきになった。

「佐倉堀田(ほった)家には学問所があります。堀田家の殿様は、老中首座を務められている方で、文武両道を強く推されています。武芸に秀でたご家来が必ずいらっしゃるはずです」

大河はこの話も脳裏に刻みつけた。

そんな話をしていると、徳次が腑抜(ふぬ)け面で戻ってきた。

「なんだ、もう終わったのか？」

「へっへ、へへ……」

徳次はだらしない顔で座る。そのことがきっかけになって浅沼は、お邪魔しましたと言って自分の席に戻った。

「徳次、おまえの話はあとで聞くが、明日は佐貫へ行く」

大河は意を決した顔で、残りの酒をあおった。

六

翌朝、大多喜城下を離れた大河と徳次は、内陸の街道を辿り、佐貫城下をめざした。

「徳次、昨夜はどうしたのだ？」

大河は歩きながら徳次を見た。

「どうもしません」

徳次は恥ずかしそうにうつむく。

「女はいいものだろう」

「……は、はい」

大河は羞恥心(しゅうちしん)を隠しきれない徳次を見て苦笑し、これ以上聞くのは意地が悪いと思い口を閉ざした。するとしばらくして徳次が声をかけてきた。

「あの、山本さん」

「なんだ」

「この先の旅でも、飯盛りがいるのですね」

「まあ、いるだろうな」

「でしたら、また……」

大河は徳次に顔を向けて、晴れわたった空に笑い声をひびかせた。

「徳次、楽しみが増えたな。だが、この旅の目あては女ではない。修行だ」

「わかっています」

「佐貫で試合をしたら、つぎは佐倉へ行く」

「それはどの辺にあるので……」

「木更津より北のほうらしい。だからまた引き返すことになる」

「行ったり来たりですね」

たしかに辿る往還は異なるが、行ったり来たりだ。無計画がこういう結果になっているが、大河は気にしなかった。富津陣屋に向かうときは海沿いの房州往還を使ったが、今日は村を通る内陸の道である。

佐貫に着いたのは昼前だった。人馬・継立てのあるちょっとした宿場であるが、町屋は大多喜とさして変わらなかった。

飯屋を見つけて早めの中食を取り、店の女に誠道館という藩校を訪ねるとすぐにわかった。町の通りを東のほうに歩いてすぐであった。

通りから北へ歩くと門柱があり、その奥に屋敷があった。建物は古色蒼然（こしょくそうぜん）としているが、大きな造りだ。前庭も広く、蔵や廏（うまや）などがあった。

開け放された座敷に十数人の子供がいて、師匠の声に合わせながら声を揃えていた。

「学びて時にこれを習う、また説（よろこ）ばしからずや」

「己の欲せざるところ、人に施すことなかれ」

師匠は論語の抜粋を暗唱させているようだ。

庭に入っていくと、師匠が大河と徳次に気づいて顔を向けてきた。

「よし、そこまで。今日はこれで終わりにする」

師匠の声で子供たちは膝前に置いていた本や筆硯を片づけ、三々五々玄関を出て行った。

「何かご用でしょうか？」

師匠が縁側に出てきて訊ねた。大河と徳次は旅装束なので、怪訝そうな顔をする。

大河は自分のことを名乗り、武者修行の旅をしていることを告げた。

師匠の名は平野宗右衛門といった。四十半ばの小柄な男だ。

「こちらでは武芸が盛んだと耳にいたし、訪ねてまいった次第です」

「たしかに武芸もやりますが、漢学や筆道も教えています」

平野はそう言って、わいわいと話しながら母屋を出て行く子供たちをちらりと見た。

「当家の子弟は八つになれば、ここにて学問をはじめます。武芸も然りです」

「逸見と半澤という方がいらっしゃると耳にいたしましたが、会えますでしょうか？」

「逸見、半澤……」

平野は再び怪訝そうな顔をした。

「大多喜にて手練れがいると聞き、そのお二方がそうだと知りました。できれば取次をお願いできませぬか」

「取次はできますが、すぐにというわけにはまいりません」

「かまいません。それから、どこかよい宿があれば教えていただけませんか」

「……通りに出て左に行ったところに木村屋という旅籠があります。そちらにいらっしゃるなら、のちほど使いを向けましょう」

「かたじけのう存じます。ならば木村屋にて待つことにします」

誠道館をあとにすると、

「ずいぶん親切な人ですね」

徳次が平野のことを評した。

木村屋という旅籠はすぐに見つかった。心寂れた城下ではあるが、木村屋は田舎にしては立派な店構えだった。

番頭が何泊の予定だと聞くので、

「一泊になるか三泊になるか、それは風次第だ」

大河は冗談交じりに答えて客間に案内された。すぐに女中が茶菓を運んできた。三十年増の太り肉（じし）で、妙に愛想がよい。

「江戸からですか。それはご苦労さんですね。剣術は誠道館も盛んで、中伝を取ると一人前になるんで、みんな熱心にやっています」

「誰が指南しているか知っているか？」

「落合（おちあい）様ですよ。いい男なんです。年は、お客様と同じぐらいかしら。あら、ついおしゃべりをしてしまいました。何かご用があるなら遠慮なくお呼びください」

女中はそう言うと、大河と徳次に意味深な目を向けて下がった。

「あの女中、飯盛りですかね」

徳次が見送ったあとで、大河を見た。どうやら女の味をしめたようだ。

「どうかな。それより、半澤と逸見という男に会うのが楽しみだ。徳次、女はあとの話だ」

「へえ」

徳次は亀のように首をすくめた。

誠道館の平野宗右衛門から使いがやって来たのは、日が暮れかかった頃だった。

「落合様は明後日でしたら、立ち合いを喜んで受けてくださるということでございます」

使いに来た若い男はそう言った。

「わたしは落合殿に立ち合いを望んでいるのではない。半澤殿と逸見殿と試合をしたいのだ」

「山本様は思い違いをなさっていらっしゃるようです」

使いの若い男はそう言って言葉をついだ。

「当家には半澤や逸見という者はいません」

「いない」

大河は大きく眉を動かした。

「どこでお聞きになったのか存じませんが、半澤・逸見と言えば、佐倉藩の練達者です。当家の人ではありません」

「はあ」

大河は頓狂な声を漏らして、さては自分に半澤と逸見のことを教えてくれた、徳次と浅沼という大多喜藩の者が思い違いをしていたのだと気づいたが、

「それはほんとうであるか？」

と、確認をした。

「当家には半澤や逸見という人はいません。落合様ではご不満でしょうか？」

　こうなっては断るわけにはいかない。先方はその気でいるようだ。

「いや、望むところでござる。それにしても落合殿は忙しいのだな」

「佐貫は小さな藩で、殿様のご家来の数が少のうございます。江戸詰の勤番もありますが、在国の数は二百人に足りません。よって、ご重役連はお役をいくつか兼ねておられます」

「落合殿もそうなのか？」

　旅籠の入り口での立ち話となったが、大河は落合のことを少しでも知っておきたかった。

「落合様は大筒方と誠道館の剣術指南を兼ねていらっしゃいます」

「御流儀は？」

「一刀流です」

「さようか。貴公もやるのか？」

「それがしは稽古に励んでいるところです」

「落合殿の下の名は何という？」

「浩一郎様です。山本様は北辰一刀流だと伺いましたが、落合様は千葉栄次郎様や桃井春蔵様と立ち合われています」

「ほう」

「桃井様と立ち合われたあとで、落合様は士学館で修行もされています」

「栄次郎さんや桃井さんとの勝負はどうだったのだ？」

「わたしは見ていませんが、引き分けだったと聞いていますが……」

するると、落合浩一郎は相当の練達者だと考えなければならない。大河は気を引き締めてかからなければならないと思った。

「徳次、試合は明後日だ」

大河は客間に戻るなり告げた。

「決まったのですね」

「だが、相手が違った。おれは半澤と逸見という練達者のことを聞いたが、おれに教えてくれた者が思い違いをしていたようだ。おまえもそうだが、半澤と逸見は佐倉藩の家臣だった。ここ佐貫の者ではなかった。だが、まあそれはよい。落合浩一郎という腕自慢がいるようなのだ」

「なんだ、気負い込んできたのに、人違いでしたか。だったら、山本さんの相手ではないでしょう」

「いやいや、甘く見ていると手痛い目にあうかもしれぬ。明日は試合に備えて稽古をする」

大河は木漏れ日が斑(まだら)な影を作っている庭を見て口を引き結んだ。

七

落合浩一郎との試合当日、大河は約束の刻限より少し遅れて誠道館を訪ねた。西の空が鉛色をしていたので、雨が降りそうな気配があった。

誠道館の玄関前に、一昨日大河の旅籠に来た使いの者がいた。稽古着に襷(たすき)に鉢巻きという出(い)で立(た)ちだった。

「お待ちしていました。どうぞこちらです」

使いの者に案内されて道場に入った。五間四方の広さがあり、壁には竹刀や木刀の他に杖術(じょうじゅつ)に使う四尺ほどの杖(つえ)もかけられていた。

「千葉道場の山本大河と申します。これにいるのは同じ道場の門弟で吉田徳次と言います」

大河は道場下座に座り、作法どおりの挨拶をした。

「落合浩一郎です。千葉道場の方が見えたと聞き楽しみにしておりました」

上座に座っていた落合が挨拶を返してきた。よく日に焼けた精悍な顔をしていた。中肉中背といった男だ。年は大河と同年ぐらいであろうか。目つきは鋭いが、口許にやわらかな笑みを浮かべていた。

「ご多忙のなかご無理を聞いていただきありがとう存じます。落合さんの他にもお相手される方はいらっしゃるので……」

大河が問うと、落合はわたしだけですと言った。

「では、今日お相手をしてくださるのは、落合さんだけでございますか？」

「物足りませぬか」

「いえ。落合さんは士学館の桃井さんや千葉栄次郎先生と立ち合ったと聞いていますが……」

「いかにも。お二方には存分に腕を試されました。北辰一刀流にも鏡新明智流にも惹かれるものがありました。士学館の上田馬之助さんをご存じでしょうか？」

大河はほうと、内心でつぶやいた。徳次が顔を向けてきたが、大河は落合を見たまま、

「知っていますが、上田殿が何か？」

と、澄まし顔で訊ねた。

「この道場でしばらく指南をしてくださったことがあります」

「上田馬之助といえば士学館の高弟です。それはよい修行ができたでしょう」

「山本さんにも教えを受けたいものです。では、早速はじめましょうか。道具をつけますが、いかがされます。以前は袋竹刀で稽古をしていましたが、いまは道具をつけるのが常なのですが……」

「では、道具を」

大河が答えると、落合は弟子に指図をして道具を持ってこさせた。

支度をして向かい合うと、検分役も立てずに、

「十番勝負でお願いします」

と、落合が請うた。

「承知しました」

答えた大河は、さっと竹刀を構えた。道場には十五人ほどの弟子たちがいて、誰もが膝に置いた手をにぎり締め、固唾を呑んだ顔をしていた。

「おりゃあー！」

大河は道場にひびきわたる胴間声を発した。落合も気合いを返してくる。

互いに中段に構え、間合いを詰めるなり、落合が飛び込みながら面を打ってきた。大河はかわして小手を打ちにいったが、うまく体を捌いてかわした。

構え直して前に出る。大河は正面から面を打ちにいった。落合は体を右へ移して、面を返しにきた。大河はさっと離れたつぎの瞬間に突きを送り込んだが、落合はやはり右にかわして突きを返してきた。

（なるほど）

大河は嬉しくなった。思いの外手強いと感じたからだ。

前に出て面を打ちにいった。落合も同時に打ち込みに来て、素早く身を引くと同時に大河の剣先を打ち落とし、逆袈裟から面を打ちに来た。大河はかろうじてかわし下がる。

（できる）

大河は感心した。

房州に来てやっと張り合いのある相手に会ったと思った。

落合が詰め寄ってきた。大河が動かずにいると、そのまま小手から面と連続技を繰り出す。しかし、面へ竹刀が飛んできたとき、大河は小手を打って決めた。

落合はまいったと言って下がりそのまま構え直す。

二本目も三本目も大河が決めた。だんだんに落合の顔と目から余裕が消えるのがわかった。大河は落ち着いて前に出た。落合も口を一文字に結んで双眸を光らせる。

ボトボトという音が表から聞こえてきた。雨が降りはじめたのだ。しかし、大河も落合もその音など気にせず、お互い隙を窺いつづける。

大河が面を打ちに行くと、落合は出端技を使って面を返してきた。大河は体をひねってかわす。まだ、落合の竹刀は大河の体をかすってもいない。

大河は北辰一刀流の極意のひとつ切り落としを使った。瞬間、落合は下から撥ね返してきた。大河は面を打ちに行く。瞬間、右小手左小手と打たれた。

ハッとなった。一番落としたからだ。そんな馬鹿なと思ったが、気を引き締め直して落合に正対した。

勝負が八番になると、両者息は上がり、頬を流れる汗が顎からしたたり落ちた。

八番目の勝負も九番目の勝負も大河が取った。最後の一番になって、大河は鶺鴒の構えを使った。しかし、落合に動揺の色はない。負けてもともとだ、開き直ったという気持ちが読み取れた。

大河は遠慮なく前に出て行った。右から斬り込むように面を狙った。と、落合が下がりながら竹刀を擦りあげ、そのまま小手を打った。

（あッ……）

最後にまた一本取られてしまった。八勝二敗。

互いに礼をして下がり、落合が先に面を外し、顔中に汗を張りつけたまま、

「山本さん、恐れ入りました。見事な腕前です」

と、頭を下げた。

「いえ、落合さんの技に感服いたしました」

「山本さんがこれほどの腕をお持ちだとは思いもいたしませんでした。ひとつお願いがあります」

「なんでしょう」

「しばらくこの地に留まり、ご指南いただけませぬか」

「それは……」

「一月、いえ半月でも結構です。是非にもお願いしたく存じます。この通りです」

落合は両手をついて頭を下げた。

大河は迷った。もう少し落合の腕を見たい気がする。十番やって二番取られたのだ。徳次を見ると、わたしはかまいませんと低声を返してきた。

「わかりました。しばらくいることにします」

落合の目が嬉しそうに輝いた。

大河は翌日から誠道館にて佐貫藩阿部家の世話を受けることになったが、半月の予定が一月になり、佐貫をあとにしたのは六月の十九日だった。

落合と最後に三番勝負をやったが、このときは勝ちを譲らなかった。

佐貫をあとにして草鞋（わらじ）の先を向けたのは、佐倉藩である。

だがこのとき、幕府と諸国大名家に激震が走った。

大老・井伊直弼がタウンゼント・ハリスの脅しに屈する形で、勅許を得ずに日米修好通商条約に調印したのだ。

これを契機に幕末の激動がはじまり、尊皇攘夷（じょうい）の志士たちが立ち上がることになる。

しかし、大河は国事に奔走しはじめる志士たちのことも知らずに、武者修行の旅をつづけるのだった。

本書は書き下ろしです。

大河の剣（五）

稲葉 稔

令和4年 5月25日 初版発行

発行者●堀内大示

発行●株式会社KADOKAWA
〒102-8177 東京都千代田区富士見2-13-3
電話 0570-002-301（ナビダイヤル）

角川文庫 23191

印刷所●株式会社暁印刷
製本所●本間製本株式会社

表紙画●和田三造

●お問い合わせ
https://www.kadokawa.co.jp/（「お問い合わせ」へお進みください）
※内容によっては、お答えできない場合があります。
※サポートは日本国内のみとさせていただきます。
※Japanese text only

ISBN 978-4-04-112764-3 C0193

角川文庫発刊に際して

角川源義

第二次世界大戦の敗北は、軍事力の敗北であった以上に、私たちの若い文化力の敗退であった。私たちの文化が戦争に対して如何に無力であり、単なるあだ花に過ぎなかったかを、私たちは身を以て体験し痛感した。西洋近代文化の摂取にとって、明治以後八十年の歳月は決して短かすぎたとは言えない。にもかかわらず、近代文化の伝統を確立し、自由な批判と柔軟な良識に富む文化層として自らを形成することに私たちは失敗して来た。そしてこれは、各層への文化の普及滲透を任務とする出版人の責任でもあった。

一九四五年以来、私たちは再び振出しに戻り、第一歩から踏み出すことを余儀なくされた。これは大きな不幸ではあるが、反面、これまでの混沌・未熟・歪曲の中にあった我が国の文化に秩序と確たる基礎を齎らすためには絶好の機会でもある。角川書店は、このような祖国の文化的危機にあたり、微力をも顧みず再建の礎石たるべき抱負と決意とをもって出発したが、ここに創立以来の念願を果すべく角川文庫を発刊する。これまで刊行されたあらゆる全集叢書文庫類の長所と短所とを検討し、古今東西の不朽の典籍を、良心的編集のもとに、廉価に、そして書架にふさわしい美本として、多くのひとびとに提供しようとする。しかし私たちは徒らに百科全書的な知識のジレッタントを作ることを目的とせず、あくまで祖国の文化に秩序と再建への道を示し、この文庫を角川書店の栄ある事業として、今後永久に継続発展せしめ、学芸と教養との殿堂として大成せんことを期したい。多くの読書子の愛情ある忠言と支持とによって、この希望と抱負とを完遂せしめられんことを願う。

一九四九年五月三日